KB078299

낭인천하

무림낭객(武林浪客)

백야 新무협 판타지 소설

人

FANTASTIC ORIENTAL HEROES

天下

낭인천하 4

백야 新무협 판타지 소설

초판 1쇄 찍은 날 § 2013년 9월 12일
초판 1쇄 펴낸 날 § 2013년 9월 17일

지은이 § 백야
펴낸이 § 서경석

편집부장 § 권태완
편집 § 박은정

펴낸곳 § 도서출판 청어람
등록번호 § 제1081-1-89호
등록일자 § 1999. 5. 31
어람번호 § 제2-2400호

주소 § 경기도 부천시 원미구 심곡2동 163-2 서경B/D 3F (우) 420-822
전화 § 032-656-4452 팩스 § 032-656-4453
http://www.chungeoram.com
E-mail § chungeorambook@daum.net

ⓒ 백야, 2013

ISBN 978-89-251-3474-1 04810
ISBN 978-89-251-3103-0 (세트)

浪人天下

9

낭인천하

무림낭객 (武林浪客)

[완결]

백아 新무협 판타지 소설

FANTASTIC ORIENTAL HEROES

청어람
도서출판

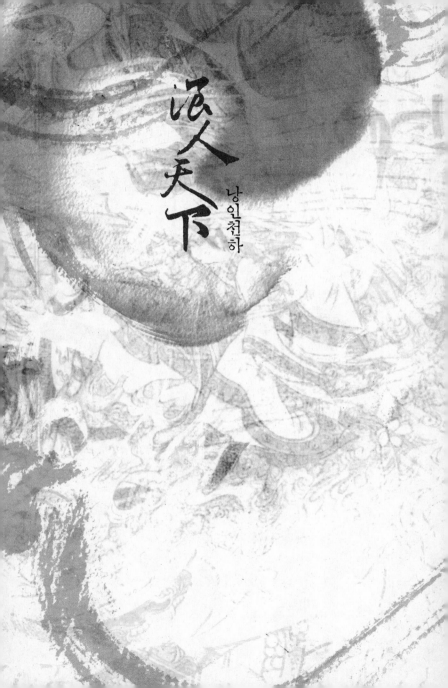

浪人天下

낭인천하

第一章
내 아들이 죽었네

그리고 사람들을 둘러보며 말했다.

"신비문이 하나의 목적을 가지고 다발적으로 우리를 공격하고 있네. 그러니 우리 역시 연합 작전을 펼치자는 것이지."

그는 힘주어 말했다.

"강만리나 장예추나 담우천에 대한 정보를 서로 공유하고 그들의 행적을 함께 수소문하는 한편, 그들의 배경을 조사하고 신비문의 정체를 파악하여 일시에 놈들을 몰살시키자는 것이네. 감히 우리 오대가문을 농락하려 한 대가를 치르게 하자는 것일세."

노인들은 대부분 고개를 끄덕이며 동의했다.

1. 기묘하지 않나?

"다들 잘 알겠지만⋯⋯."

노인은 좌중을 돌아보며 입을 열었다.

"지난 가을, 내 아들이 죽었네."

누구 하나 입을 여는 자가 없었다.

고고하고 청수한 노인의 눈에서는 불길이 일고 있었다. 여기 모인 사람들 중에서 그의 분노를, 슬픔을, 증오를 모르는 사람이 어디 있을까.

이 년에 한 번씩 만나서 서로의 우의를 다지고 협력하며 미래를 설계하는 모임.

하지만 그동안 한 명 혹은 두 명씩 참석하지 않는 자들이 있어서, 이렇게 다섯 명의 노인이 한자리에 모인 것은 실로 오래간만의 일이었다.

청수한 노인, 그러니까 건곤가의 가주 천예무(千銳戌)는 여전히 뜨겁게 불타오르는 눈빛으로 좌중의 다른 네 노인을 돌아보며 물었다.

"기묘하지 않나?"

그의 뜬금없는 질문에 네 노인의 눈빛이 살짝 일렁거렸다. 저게 무슨 의미의 물음인지 그들은 이미 이해하고 있는 것이다.

천예무는 맞은편에 앉아 있는, 사자의 기세와 호랑이의 눈빛과 불곰의 어깨를 가지고 있는 노인을 직시하며 말을 이어 나갔다.

"재작년이었을 거야, 아마. 사(史) 형이 골치 아픈 일이 생겼다면서 우리에게 몇 명의 수하를 빌려달라고 했던 게."

"그래. 당시 한 마리 미꾸라지 때문에 일이 꼬였었거든."

가만히 앉아 있음에도 불구하고 전신에서 파괴적인 기도가 불꽃이 일렁이듯 뿜어져 나오고 있는 노인, 천왕가(天王家)의 가주 사양곤(史陽坤)은 무뚝뚝한 목소리로 말했다.

"하지만 단 한 명의 친구도 내게 도움을 주지 않았지. 뭐라고 했더라? 도와주고는 싶지만 어디까지나 이번 일은 천왕가의 문제가 아니냐고들 했지?"

사양곤은 당시의 배신감과 모멸감이 다시 떠오르는 모양이었다. 친구이자 동료이며 전우(戰友)인 네 명의 노인을 돌아보는 그의 눈빛에서 살기까지 일고 있었다.

당시 사양곤의 천왕가는 잃어버린 신물(神物)이자 장문령부(掌門令符)인 천왕신계도(天王神啓刀)를 찾는 일에 전력을 기울이고 있었다.

원래 장문령부는 그 일파 주인의 권위와 위엄, 권능을 상징하는 물건으로, 때로는 장문령부만으로 그 일파 전체를 지휘하고 움직일 수가 있는 고귀한 물건이다.

만약 그런 물건이 타인의 손에 쥐어지게 된다면, 그로 인해서 일파의 존망(存亡)까지 결정이 날 수도 있었다. 그런 까닭에 천왕가의 입장에서는 반드시 회수해야만 하는 물건이었다.

하지만 천왕신계도를 찾는 와중, 일이 묘하게도 꼬이고 얽히면서 계속해서 문제가 일어났다. 천왕신계도의 행방을 알게 된 후 그걸 회수하라고 수하들을 보내는 족족 죽거나 크게 다쳐서 돌아왔던 것이다.

그 모든 일의 원흉은 강만리(姜萬里)라는, 전직 포두이자 현직 무림포두(武林捕頭)라는 생뚱맞은 직업을 가진 자였다.

그는 일개 포두답지 않게 강한 내공을 지녔으며, 또 사천 성도부 최고의 포두답게 영활한 두뇌와 냉철한 이지, 그리고 탁월한 추리력을 지녔다.

당시 천왕가는 놈을 잡기 위해서 천왕가 전력의 삼분지 일에 해당하는 인원을 투입했지만, 어처구니없게도 그들 전원이 몰살당하는 일이 벌어졌다.

물론 강만리라는 작자가 그들 모두를 해치운 건 아니었다.

하지만 어쨌든 그런 상황 자체를 만들어낸 건 확실히 그 강만리라는 미꾸라지였다.

천왕가는 놀라고 당황했다. 그들은 피해를 최소화할 방법을 찾아야 했으며 결국 자존심을 꺾고 다른 사대가문의 도움을 받기로 했다.

그러나 흔쾌히 도와줄 줄 알았던 동료들은 천왕가를 외면하고 비아냥거렸다. 천왕가의 일은 천왕가가 해결하라며 그들은 사양곤에게 수치심과 모멸감을 심어주었다.

그게 약 이 년 전의 일이었다. 그리고 이 년 만에 다시 이렇게 회합을 갖게 된 것이다.

또한 태극천맹의 중추세력인 오대가문의 가주들이 한 명도 빠지지 않고 한자리에 모두 모인 건 거의 십 년 만의 일이었다.

사양곤의 호랑이처럼 살기 번들거리는 눈빛에 다른 가문의 수장(首長)들은 고개를 돌리거나 시선을 외면했다. 오로지 건곤가의 수장, 천예무만이 사양곤을 직시하며 입을 열었다.

"작년 가을, 내 아들이 죽었네."

사양곤의 눈빛이 조금 옅어졌다.

아들이 죽은 게다. 하나밖에 없는 후계자가 살해당한 것이다. 그런 죽음을 목도한 아버지 앞에서 화를 내고 살기를 드러내는 건 예의가 아닌 것이다.

"듣자 하니 경천회(驚天會)의 짓이라던데… 도대체 어떤 놈들인지 밝혀냈나?"

사양곤이 물었다.

경천회는 황제를 암살하고 삼황자를 차기 황제로 모시려는 역모를 꿈꿨던 집단이었다.

그들의 계획은 저 사천 성도부의 전직 포두인 강만리라는 인물에 의해 물거품이 되었다. 이후 그들은 지하로 숨어들어 그 종적을 찾을 수가 없었다.

"대충."

천예무는 고개를 끄덕이며 말했다.

"내 아들을 죽인 자는 장예추(張刈錐)라는 애송이일세."

천예무는 분노와 적의를 발톱처럼 숨기며 말했다. 일순

사양곤과 삐쩍 마른 노인이 동시에 고개를 갸웃거렸다. 처음 들어보는 이름이었던 것이다.

확실히 그간 무림의 상황에 익숙하지 않은 자라면 전혀 알 수 없는 이름이었다. 반면 무림 정국에서 한시라도 눈을 떼지 않은 사람이라면 장예추가 후기지수 중 최강의 무공을 지닌 자라는 걸 익히 알고 있을 것이다.

"마도의 거물을 죽인 이후 무림엽사(武林獵師)라는 별명을 얻은 자가 아닌가?"

그렇게 말한 자는, 한동안 강호를 떠나 은거하다시피 했던 노인이었다.

그는 아직도 병색이 완연한 얼굴이었지만 여전히 그 눈빛만큼은 철도 뚫을 수 있을 정도로 강렬했다. 노인, 그러니까 무적가의 가주 제갈보국이 말을 이었다.

"사천당가의 사위이고 신주오대세가의 후예들과 절친한 사이라지, 아마? 지금은 그 종적을 찾을 수 없지만 말이네."

제갈보국의 말에 사양곤이 눈살을 찌푸렸다.

"그럼 지금 우리 오대가문 중 하나인 건곤가의 소가주를 살해한 자가 사천당문의 사위라는 건가?"

천예무는 아무 말 없이 고개를 끄덕였다.

"이상하군그래."

그때까지 아무런 말을 하지 않고 있던 뚱뚱한 노인이 가늘게 눈을 뜨며 입을 열었다.

"자네의 아들이 살해당했을 당시의 이야기는 나도 들은 바가 있지. 신주오대세가 사람들이 자네를 찾아가 경천회에 대해서 추궁했다지? 자네와 자네의 아들이 그곳과 연관되어 있다고 말이네."

천예무는 묵묵히 듣고 있었다.

"그들 중에 장예추라는 아이도 있었지. 그런데 알고 보니 그 장예추가 자네 아들을 죽였고 또한 경천회에 소속된 인물이었다, 이건가?"

"내 말을 믿지 못하겠다는 건가?"

천예무가 입을 열었다.

일순 그의 전신에서 주위를 압박하는 가공할 기세가 뭉게구름처럼 일었다. 그가 앉아 있던 의자가 구구궁, 소리를 내며 진동을 일으켰다.

뚱뚱한 노인이 가볍게 눈살을 찌푸렸다. 동시에 그의 전신에서도 감당하기 힘들 정도의 막강한 기운이 뻗어 나와 천예무의 그것을 밀었다.

"지금 나를 협박하는 겐가?"

뚱보 노인의 목소리가 낮게 깔렸다. 천예무는 그를 노려보다가 기운을 거둬들이며 말했다.

"자네를 협박하는 게 아니네."

그는 차분한 어조로 말했다. 뚱보 노인의 기세도 씻은 듯이 사라졌다.

천예무는 제갈보국을 돌아보며 물었다.

"자네의 아들 또한 하마터면 죽을 뻔했지?"

그는 의뭉스레 화제를 바꿨다.

하지만 뚱보 노인은 더 이상 추궁하지 않았다. 우선은 천예무가 지금 무얼 말하고 싶은지 계속 들어볼 생각인 게다. 어차피 경천회와 장예추에 관한 건 나중에 다시 물어봐도 늦지 않으니까.

천예무의 질문에 제갈보국은 살짝 고개를 끄덕였다. 천예무는 다 알고 있다는 듯한 표정을 지으며 말했다.

"담우천이라고 했나? 자네와 자네의 아들을 그렇게 괴롭힌 자가?"

"담우천은 또 누군가?"

사양곤이 답답하다는 듯이 물었다.

생전 처음 들어보는 이름들이었다. 아무래도 요즘 무림 정국에 등한시하다 보니 생긴 일이었다.

천예무가 말했다.

"사선행자의 행수라면 알겠지?"

일순 사양곤의 눈이 휘둥그레졌다.

"아, 그 애송이. 아직 안 죽었나?"

"그때 도주한 몇몇 애송이 중 한 명이지."

"흠, 그럼 복수를 한답시고 덤벼든 게로군."

"아니네. 놈은 변방에 몸을 숨긴 채 지금껏 은거하고 있었다네."

"응? 그럼 왜?"

"그건……."

천예무는 침묵하고 있는 제갈보국을 힐끗 보고는 말을 이어나갔다.

"그건 사소한 일이니까 신경 쓰지 말게. 내가 하고자 하는 말은 따로 있네."

"어서 말해 보게, 이렇게 변죽만 울리지 말고."

"아까도 말했지만 정말 기묘하지 않은가? 자네의 천왕가는 무림포두 강만리라는 자로 인해, 내 건곤가는 무림엽사 장예추라는 애송이로 인해, 그리고 무적가는 담우천 때문에 각각 적지 않은 피해를 입고 또 곤욕을 치렀네."

일순 노인들의 눈빛이 변했다. 사양곤 또한 마찬가지였다. 그는 눈빛을 번뜩이며 물었다.

"지금 자네의 말은 그러니까 이 모든 것이 결코 우연이 아니라는 겐가?"

"우연이라고 하기에는… 너무나도 절묘하고 기이하지 않나? 각 가문 당 한 명씩의 말썽꾸러기라니 말이지."

천예무는 뚱보 노인과 마른 노인을 돌아보며 물었다.

"어떤가, 자네들도 요 몇 년 사이 꽤나 곤혹스러운 일이 생기지 않았나?"

"흠……."

뚱보 노인은 침음성을 흘렸다. 반면 마른 노인은 뭔가를 생각하다가 고개를 저었다.

"아니, 그런 것 없네."

카랑카랑한 목소리의 노인. 한때는 거목이었으니 이제는 뼈만 남아 앙상해 보이는 늙은이. 그는 바로 오대가문 중의 하나인 철목가(鐵木家)의 주인이었다.

천예무는 고개를 끄덕이며 말했다.

"그렇다면 곧 찾아올 것이네, 한 명의 말썽꾸러기가."

철목가 주인의 얼굴이 굳어졌다.

천예무는 노인들의 얼굴을 둘러보며 계속해서 말을 이어 나갔다.

2. 맹세하겠네

천예무의 이야기는 간단했다.

요 몇 년 사이, 오대가문 중 네 곳의 가문이 각각 서로 다른 누군가에 의해 난감한 상황에 처하게 되었다. 그것은 우연히 일어날 수 있는 게 아니다. 분명 그 뒤에 누군가의 조직적이고 계획적인 개입이 있는 것이다.

그게 경천회일 수도 아닐 수도 있다. 또 그 명칭이 중요한 게 아니다.

감히 오대가문을 해코지 하고자 하는 세력이 있다는 것, 그게 중요한 것이고 또 그 정체를 파악해서 멸절(滅絶)시키자는 것이 천예무가 하는 이야기의 핵심이었다.

그의 이야기를 들은 노인들은 각자 상념에 빠졌다. 그들은 자신의 가문을 공격했던 혹은 난처하게 만들었던 이들을 떠올렸다.

천하의 오대가문이 농락당했던 게 과연 그들 개인의 힘으로 이뤄진 일이었을까.

확실히 그럴 리가 없었다.

저 공적십이마들과 구천십지백사백마로 대변되는 사마외도의 세력들조차 어쩌지 못했던 오대가문이었다. 아무리 우연이 겹치고 행운이 도와줬다 하더라도 일개 개인만으로는 도저히 상대할 수 없는 곳이 바로 오대가문이었다.

그런 면에서 보자면 천예무는 매우 가능성 높은 추측을 하고 있었다. 강만리와 장예추, 담우천은 절대 혼자서 움직인 게 아니었다. 누군가의 사주를 통해 그들의 후원을 받으며 움직이는 암살자와 같은 존재들이었다.

오대가문 가주들의 얼굴이 굳어진 건 바로 그러한 이유 때문이었다.

도대체 누가 감히 오대가문을 노리는 것일까. 그들은 무슨 목적으로, 어떤 연유로 오대가문에 암살자를 보낸 것일까.

"지금 돌이켜 생각해 보면 확실히 수상한 점이 한두 개가 아니네."

잠자코 있던 제갈보국이 입을 연 건 그때였다. 상념에 빠져 있던 노인들의 시선이 일제히 그에게로 향했다.

"사실… 밝히기는 좀 그렇지만 담우천에게는 우리와 적대시할 만한 이유가 있다네. 그래서 천 형의 이야기는 너무 과장된 게 아닌가 하는 생각을 했는데……."

제갈보국은 천천히 말했다.

천자산에서 담우천이 자하를 구출하고 도주했을 때, 수십 명의 복면인이 그를 도왔다는 보고가 있었다. 또한 안강 마을에서 투신 전앙이 담우천과 싸우려 했을 때도 역시 적지 않은 자들이 투신의 발목을 잡았다고 했다.

"담우천은 내가 잘 아네. 그는 결코 조직이나 세력을 동원해서 싸우는 자가 아니네. 기껏해야 사선행자들과 함께 움직일 따름이지."

제갈보국의 말에 다른 가주들도 고개를 끄덕였다. 그들 역시 사선행자에 대해서는 잘 알고 있었다. 십오륙 년 전, 오대가문의 가주들이 직접 그들을 찾아가 가르침을 내린 적도 있었으니까.

"게다가 아까도 말했지만 변방에 은거해 있던 그가 다시 강호에 나타난 것은 우리 가문과의 개인적인 일을 해결하기 위해서였네. 그건 확실하네."

도대체 그 개인적인 일이 무엇인가? 하고 묻고 싶은 노인들이 몇 있었다. 사양곤이나 뚱보 노인이 그러했다. 하지만 그들은 입을 열어 묻지는 않았다.

개인적인 일이라고 한 것은 타인에게 밝히기 싫다는 의미였으니까.

"그 모든 걸 종합해 봤을 때 담우천의 뒤에서 그를 도와주는 세력이 있는 건 분명하네. 하지만 담우천이 애당초 그들의 사주를 받고 움직인 것은 아닐 걸세."

담우천은 강호를 떠돌다가 어느 순간엔가 그들과 조우했을 것이고… 또 최소한 자신의 상대가 무적가라는 사실을 알고 난 이후에 그들과 손을 잡기로 결심했을 것이다.

담우천이라는 자의 성격 자체가 자신이 할 수 있는 일을 굳이 다른 사람의 손을 빌려서 해결할 리가 없으므로. 즉, 그의 상대가 무적가가 아니었다면 결코 그들과 손을 잡지 않았을 것이다.

"그 추측은 꽤 중요한 의미를 내포하고 있군."

천예무가 눈빛을 빛내며 말했다.

"그러니까 우리를 노리고 있는 신비의 세력… 신비문(神秘門)이라고 칭하지. 그 신비문은 그들의 수하가 아닌 자를 내세워서 우리와 싸우게끔 만들고 있네. 우리가 저들의 정체를 눈치채지 못하도록 말일세."

사양곤이 턱을 매만지다가 불쑥 말했다.

"그렇게 보면 나 역시 의아한 점이 있지. 그 강만리라는 녀석 말이야."

그는 과거를 회상하듯 지그시 눈을 감으며 말을 이었다.

"일개 포두라고는 도저히 믿어지지 않을 정도로 순후하고 깊은 내공을 가지고 있었거든. 게다가 당시 수하들의 보고에 따르자면 무공을 익힌 지 불과 반년 만에 일류급 이상의 실력을 갖추게 되었다는 게야. 그것도 서른이 넘은 나이에 말이지. 믿어지나?"

나이가 들면 뼈가 굳어지고 근육이 죽는다. 신체의 반응 속도 등 능력 자체가 퇴화되어 무공을 수련하기 힘든 몸이 된다. 어린 시절보다 몇 배는 더 힘들게 익혀야 하고 그마저도 며칠 움직이지 않으면 도로 원상태가 되어버린다.

사내 나이 서른이라면 최전성기라고 할 수 있겠지만 무

공에 입문하기에는 이미 은퇴해야 할 나이였다.

"그런데 또 놀라운 건 놈이 익힌 무공들이 하나같이 절기(絕技)라는 점이야. 도대체 누구에게서 배운 걸까? 누가 그에게 무공을 전수해 준 걸까, 무슨 이유로?"

사실 그런 건 당시만 하더라도 전혀 깊게 생각하지 않던 부분이었다.

비록 놈에 의해 곤욕을 겪었다고는 하더라도 어쨌든 그런 무명소졸에 대해 신경 쓰기에는 사양곤의 자존심이 너무나도 강했으니까.

그런 까닭에 사양곤은 강만리와의 일이 끝나자마자 아예 그를 기억에서 싹 지워냈던 것이다.

하지만 지금 천예무와 제갈보국의 이야기를 듣다 보니, 당시 그냥 넘겼던 부분들이 사양곤의 마음에 하나하나 새롭게 걸리는 것이다.

"나 역시 마찬가지일세."

뚱보 노인이 한숨을 쉬며 입을 열었다. 오대가문 중 한 곳인 금해가(金海家)의 가주 초일방(楚溢邦)이었다.

"한 애송이 때문에 골치를 썩고 있는 지가 벌써 삼 년 가까이 되네. 처음에는 그냥 별 볼 일 없는 애송이, 라고만 생각했었는데 지금은 놈을 떠올릴 때마다 살이 쭉쭉 빠지는 기분이라니까."

"그래도 살은 안 빠지는군."

사양곤이 혼잣말처럼 중얼거렸다. 초일방이 그를 째려보며 말했다.

"어쨌든 천하의 초일방이 그런 애송이 때문에 고민한다는 게 부끄럽기도 하고… 그래서 한 마디도 하지 않고 있었는데 알고 보니 이런 배경이 숨어 있을 줄이야……."

"오대가문 중 네 곳에서 비슷한 일이 벌어지고 있네. 그러니 정 형에게도 곧 무슨 일이든 생길 걸세."

천예무가 철목가의 가주를 바라보며 말했다. 정극신(鄭剋神)은 잠자코 제 앞에 놓은 술잔을 들었다. 그가 술을 마시는 광경을 지켜보면서 천예무는 다시 입을 열었다.

"내가 길게 이런 이야기를 늘어놓은 건 이제 이 일들이 우리 개개인의 문제가 아니라는 걸 말하고 싶기 때문이었네. 그런 의미에서 사 형에게 진심으로 사과하네."

천예무는 자리에서 일어나 사양곤을 향해 두 손을 모으고 허리를 숙였다. 예전 사양곤이 도움을 청했을 때 거절했던 것에 대한 정중한 사과였다.

사양곤이 껄껄 웃으며 손을 내저었다.

"됐네, 이 사람아. 그런 거 가지고 꽁해 있을 내가 아니라는 거 잘 알고 있지 않나? 지난 일에 대한 사과보다는 앞으로 어떻게 해야 하나를 두고 논의하는 게 더 나을 것일세."

"고맙네."

천예무는 다시 자리에 앉았다. 그리고 사람들을 둘러보며 말했다.

"신비문이 하나의 목적을 가지고 다발적으로 우리를 공격하고 있네. 그러니 우리 역시 연합 작전을 펼치자는 것이지."

그는 힘주어 말했다.

"강만리나 장예추나 담우천에 대한 정보를 서로 공유하고 그들의 행적을 함께 수소문하는 한편, 그들의 배경을 조사하고 신비문의 정체를 파악하여 일시에 놈들을 몰살시키자는 것이네. 감히 우리 오대가문을 농락하려 한 대가를 치르게 하자는 것일세."

노인들은 대부분 고개를 끄덕이며 동의했다.

하지만 정극신만이 오로지 아무런 말도 하지 않은 채 술만 마시고 있었다.

천예무가 그를 돌아보며 물었다.

"마음에 들지 않는가, 정 형?"

그제야 정극신은 술잔을 내려놓으며 천천히 입을 열었다.

"한 가지 묻겠네. 사실대로 대답해 주게."

천예무는 당연하다는 듯이 말했다.

"물론 사실대로 말할 것이네."

정극신은 천예무를 똑바로 바라보며 입을 열었다.

"역모를 주도했던 경천회 말이네."

천예무의 눈빛이 희미하게 떨렸다. 정극신은 그런 천예무의 표정 하나하나를 놓치지 않겠다는 듯이 직시한 채 말을 이어나갔다.

"자네와 아무 상관이 없나?"

다른 삼대 가문의 가주들 또한 궁금하다는 눈빛으로, 혹은 드디어 나올 게 나왔구나 하는 표정을 지은 채 천예무의 입을 주시했다.

"물론……."

천예무는 조용히 입을 열었다.

"나와 아무런 상관이 없네. 하늘과… 비명에 죽어간 내 아들 녀석의 영혼을 두고 맹세하겠네."

3. 논공행상(論功行賞)

"끝까지 거짓말이라니……."

회의가 끝난 후, 대청에서 나와 정원을 걷고 있던 초일방이 고개를 흔들며 중얼거렸다.

"경천회가 건곤가와 아무런 관계가 없다? 비명에 죽어간

아들 녀석의 영혼을 두고 맹세하겠다?"

뚱보 노인은 피식 웃으며 말을 이었다.

"흥, 물론 연기는 뛰어났지. 눈물까지 글썽거렸으니까. 하지만 그 말을 누가 믿어줄 거라고 생각하는지, 우리를 도대체 뭐로 보는지 원……."

"그게 천 형의 장점이 아닌가?"

초일방과 나란히 정원을 걷던 삐쩍 마른 노인, 정극신이 말을 받았다.

"다른 사람들이 뻔히 믿지 않을 거라고 알면서도 태연하게 거짓말을 할 수 있는 그 뻔뻔함과 당당함. 그건 타고나지 않으면 도저히 인위적으로 갖출 수 없는 거지."

"허허. 듣고 보니 그렇군. 나만 하더라도 사람들의 시선이 두려워서 그렇게 면전에 대고 당당하게 거짓말을 하지 못하니까 말이네."

"어쨌든 경천회야 건곤가의 사적인 일이니까 우리와는 상관이 없지. 그리고 따지고 보면 결국 경천회로 인해 천 형의 아들이 죽은 것 역시 사실이니까."

경천회 소속으로 죽거나 혹은 경천회의 인물에 의해 살해당하거나 결국 천휘수는 경천회 때문에 죽은 것이다. 그리고 천휘수를 죽인 자는 다름 아닌 장예추라는 애송이였고, 그 애송이는 사천당가 여식의 사위였고 신주오대세가 소가주들의 친구였다.

중요한 건 바로 그것이었다.

신주오대세가가 건곤가와 척을 지게 되었다는 것.

"평소라면 참 재미있게 흘러가는군, 이라고 말했을 텐데 말이지."

정극신의 이야기를 듣고 거기까지 생각하던 초일방이 한숨을 쉬며 중얼거렸다.

"아무래도 천 형이 이야기했던 신비문이라는 게 나와도 연관이 되어 있는 것 같아서 말이지."

초일방 역시 다른 가문들처럼 한 명의 애송이로 인해 상당한 곤욕을 치르고 있었다.

상식적으로, 그리고 논리적으로 생각했을 때 도저히 있을 수 없는 일이 벌어지고 있었다. 게다가 그 애송이의 무공 수위는, 누군가 뒤에서 봐주지 않는 한 결코 이룰 수 없을 정도로 빠르게 발전하는 중이었다.

정극신이 고개를 끄덕이며 말했다.

"결국 천 형이 하고 싶었던 말은 제 아들에 대한 복수도, 경천회에 대한 비밀도 아니네. 누군가가 오대가문을 무너뜨리기 위한 다섯 명의 자객을 각 가문에 보냈다, 라는 거고 힘을 합쳐 그들과 대항하자는 것이지. 그래서 다들 동의한 게고."

잠시 생각하던 초일방의 표정이 급변했다.

"설마 은월천계는… 아니겠지?"

그의 우려에 정극신은 당연하다는 듯이 말했다.

"아닐 것이네. 은월천계가 미치지 않고서야 우리를 괴멸시킬 이유가 없으니까."

"그렇겠지?"

초일방은 안도의 한숨을 쉬다가 문득 고개를 갸웃거리며 다시 입을 열었다.

"하지만 그들 말고 감히 우리와 대적하여 싸우려는 세력이 어디 있겠나?"

"왜 없겠나?"

정극신의 말에 초일방의 눈이 휘둥그레졌다.

"응? 자네는 뭘 좀 알고 있는가?"

그는 다급한 표정을 지으며 물었다.

다섯 가문의 가주 중 그들 두 사람은 어렸을 적부터 알고 지냈던 친구였다. 이른바 불알친구, 혹은 죽마지우라고 할 수 있는 사이. 그래서 다른 가문들보다 이들 금해가와 철목가는 확실히 교분이 깊은 사이였다.

초일방의 질문에 정극신이 외려 되물었다.

"지금 우리는 누구와 싸우고 있지?"

"응? 그야… 아!"

초일방이 제 살집 좋은 이마를 툭 치며 말했다.

"공적오마, 그 노괴들!"

정극신이 고개를 끄덕였다.

"그래, 그들이라면 신비문을 조직하여 우리를 상대할 자객을 보낼 만한 능력이 충분하지."

공적오마 중에서 혈천노군이라는 자는 무공도 뛰어나지만 조직을 꾸미는 데 탁월한 재주가 있었다. 그라면 태극천맹의 눈을 피해 엄청난 규모의 문파를 세울 수 있을 것이다.

유령신마는 기이한 사술과 혹세무민(惑世誣民)의 탁월한 설득력을 지녀서 그 어떤 자라 하더라도, 만난 지 한 시진도 안 되어 자신의 편으로 만드는 재능이 있었다.

단혼마도는 천하를 떠도는 낭인들의 우두머리와도 같았다. 소수로 다수를 어떻게 상대하는지 누구보다 잘 알고 있었으며 침입과 난전의 달인이기도 했다.

무엇보다 금강철마존은 그 압도적인 강함과 절대적인 위압감으로 인해 사마외도는 물론 심지어 소수의 정파 무림들인까지 그를 존경했다. 그를 위해서라면 목숨까지 바칠 자가 바닷가의 모래알들처럼 많았다.

신비문이 그들이 세운 조직이라면, 그리고 지금 오대가문을 힘들게 만들고 있는 자들이 바로 그들의 사주를 받은 것이라면……

"흠, 그럴 가능성이 제일 높아."

이제야 깨달았다는 듯이 초일방이 그렇게 중얼거릴 때, 정극신은 가볍게 한숨을 쉬며 말했다.

"비록 저 자리에서 말들은 하지 않았지만 다른 친구들 역시 다들 그리 생각하고 있을 거야."

"그럼 내가 가장 늦게 깨달은 건가?"

초일방이 눈을 찌푸렸다.

"젠장, 언제나 이렇다니까. 아, 미련하기가 돼지만도 못한 놈! 잘난 게 하나도 없다니까."

초일방이 자책하면서 살찐 두 손으로 제 머리를 때리면서 말했다.

"무공은 제갈 늙은이가 가장 강하고 배짱과 야심은 천 늙은이가 제일 두둑하지. 머리가 좋기는 자네, 그리고 추진력은 사 늙은이가 으뜸인데… 빌어먹을 나는 뭐 하나 특출난 게 없으니."

"그게 무슨 소리인가?"

정극신이 달래듯 말했다.

"천하에서 가장 부유한 자네가 그런 소리를 하면 안 되지."

초일방이 입술을 내밀었다.

"내가 가진 돈이야 정사대전이 끝난 후 논공행상(論功行賞)을 통해 얻은 게 아닌가?"

"다른 이들도 마찬가지가 아닌가?"

정극신이 말했다.

"다들 당시 자신들의 가문에 가장 잘 어울리고 또 제일 원하는 걸 하나씩 얻지 않았나? 그렇게 해서 천하제일의 부(富)를 쌓아 두고서 이제 와 다른 게 부럽다고 하면 안 되지."

그의 말에 초일방은 입을 다물었다.

*   *   *

정사대전이 마침내 정파 연합의 승리로 막이 내린 후, 패배자들은 지하로 숨어들었고 승리자들은 그들의 모든 것을 빼앗았다.

승리자들, 정파 연합의 주축이라 할 수 있었던 오대가문은 산처럼 쌓인 전리품을 두고 고민하다가 결국 각자 원하는 것 하나씩을 갖는 것으로 합의를 보았다.

그 합의가 다행인 것은 오대가문이 원하는 것들이 서로 달랐다는 점이었다.

"나는 사람을 갖겠네."

포로나 인질로 잡혔던 수많은 사파의 고수. 그들을 원하는 자도 있었다.

그의 선택을 반대하는 사람은 물론 없었다. 그들을 자신의 수족(手足)으로 부릴 수 있느냐, 하는 문제는 어차피 그의 몫이었다.

"나는 돈을 갖겠어. 돈이 최고지."

라고 말한 자는 초일방이었다.

그는 전리품으로 획득한 금은보석들을 챙겼다. 또한 태극천맹의 본산을 건설하면서 많은 이익을 취했고, 더불어 그는 태극천맹의 경제권을 가져갔다.

"나는 무공을 갖겠네."

죽거나 사로잡힌 사파 고수들이 남긴 비급들만을 챙긴 자도 있었다.

사실 그 비급들 중에는 전설적인 무공도 있었고 기상천외한 사술도 있었다. 하지만 그 비급들을 모조리 익히기에는 이미 선택한 자의 나이가 너무 많았다. 그래서 사람들은 그의 선택을 존중해 주었다.

"나는 사선행자와 교부들을 갖지. 어차피 내가 계획하고 실행했던 거니까."

제갈가의 가주는 그렇게 말했다.

역시 그의 선택을 투고 누구 하나 반대하는 이는 없었다.

외려 그것만으로 만족하겠다는 제갈가에 대해 감사할 정도였다. 사선행자와 당시 비선은 그가 만든 것이니까, 애당초 그의 것이라고 해도 무방했으므로.

그렇게 전리품의 대부분을 서로 나눈 후, 오대가문은 남은 찌꺼기들을 다시 분배하여 정파 연맹의 다른 대소문파들에게 나눠주었다.

정파의 문회방파들은 기꺼운 마음으로 그 전리품들을 챙겼다.

물론 그들은 정작 중요한 것들은 이미 오대가문이 전부 차지했다는 사실을 전혀 알지 못했다. 그것은 구파일방이나 신주오대세가 역시 마찬가지였다.

어쨌든 오대가문이 불과 십여 년 만에 강호 최고의 가문들로 자리를 잡을 수 있게 된 데에는 그 남들 모르게 챙긴 전리품의 영향이 매우 지대했다.

초일방은 당시 돈을 선택했고 그래서 강호 최고의 부자가 되었지만 늘 당시의 선택을 후회하고 있었다.

물론 돈이 나쁠 리는 없었다. 하지만 일정 금액이 넘게 되면 그게 그거인 것이 돈이었다.

황금 천만 냥의 부자냐, 황금 오천만 냥의 부자냐 하는 것은 의미가 없게 되는 것이다. 어느 쪽이든 강호 최고의 부자인 건 마찬가지이니까.

게다가 그가 부자라고 해서 남들의 존경을 받거나 다른 가문이 부러워하는 것도 아니었다. 다른 사대가문 또한 돈에 관한 한 전혀 구애받지 않았으므로.

반면 초일방은 다른 가문들이 부러웠다. 수많은 절정고수를 수족으로 부리는 가문이 부러웠고, 그 누구도 넘보지 못할 위세를 떨치는 가문도 부러웠다.

또한 가공한 무위를 지닌 이를 질투했고, 결국 태극천맹의 절반을 지니게 된 자의 선택과 그 혜안(慧眼)에 화가 났다. 아무리 어렸을 적부터 친했던 친구라 하더라도 화가 나고 질투심이 생기는 건 어쩔 도리가 없었다.

그런 질투심을 숨기기 위해서 초일방은 애써 다른 곳으로 화제를 돌렸다.

"그런데 아직까지 자네 가문에는 별다른 일이 발생하지 않았다는 것도 조금 이상하지 않나?"

"글쎄."

정극신은 신중한 표정을 지으며 말했다.

"사실 그래서 더 불안하네. 뭔가 일이 벌어지고 있다면 그에 맞춰서 대응을 할 수 있을 텐데, 그게 아니니까 답답하고 불안하네. 게다가 이미 일이 벌어지고 있는데 나만 모르고 있는 상황이라면 더더욱 문제가 되지 않겠나?"

"흐음, 그렇게 말하니 외려 지금 내 상황이 속 편하게 느껴지는군."

"그럴 걸세. 자네는 지금 자네를 곤란하게 만들고 있는
자만 상대하면 되지 않나? 나는 앞으로 어떤 일이 일어날
지, 또 이미 진행되고 있는 건 아닌지 모든 걸 조심하고 대
비해야 하니까……."

정극신이 한숨을 쉬며 하는 말에 초일방은 속으로 흐흐,
웃었다.

조금 전까지 그를 지배하고 있던 우울한 마음이 씻은 듯
이 사라졌다. 역시 친구의 불행은 나의 행복인 것이다. 그
는 정극신의 어깨를 두드리며 위로했다.

"힘내게, 친구."

第二章
사람이 필요하오

"제가 아는 사람 중에 포두가 한 명 있어요. 지금은 관복을 벗었지만… 어쨌든 그가 입버릇처럼 하는 말이 있어요. 물증(物證)이 없는 한, 심증(心證)은 한갓 추측에 지나지 않는다. 그러니 반드시 물증이 필요하다, 라구요."

그녀는 담우천을 직시했다.

그것은 부드럽지만 한없이 강해 보이는 시선인 동시에 따스하지만 단호한 결의가 담긴 눈빛이었다.

"그러니 저를 의심하고 핍박하려면……."

그녀는 침착하고 또렷하게 말했다.

1. 도대체 놈은······

오대가주(五大家主)의 회합(會合)은 건곤가의 심처(深處)에서 이뤄졌다. 이후 그들은 고수들의 호위를 받으며 그곳을 떠나 자신들의 거처로 향했다.

하지만 제갈보국은 천자산으로 향하지 않았다. 그는 수행 무사들과 더불어 낙양으로 향했다. 낙양 근처에 위치한 태극천맹의 본산으로 향하는 길이었다.

때는 봄이 절정에 이른 사월, 관도를 따라 핀 꽃들이 하늘거리는 가운데 제갈보국이 탄 마차는 사흘의 여정 끝에 태극천맹의 본산으로 들어섰다.

태극천맹의 조직은 크게 본천(本天)과 외천(外天)으로 나뉘어져 있었다. 외천이 남북십삼성전(南北十三城殿), 천하백팔지부(天下百八支部) 등 대륙 전역을 관할하는 외부 조직을 관장한다면, 본천은 태극감찰밀과 칠천(七殿) 등의 내부 조직을 하나로 묶어 관리했다.

그래서 본천의 천주(天主) 반무학(潘懋學)은 일 년의 대부분을 맹 내에서 생활했고, 제갈보국이 입성할 때에도 마침 자리를 지키고 있었다.

"오랜만입니다, 제갈 가주."

반무학은 조금 놀란 표정을 감추지 못한 채 정중하게 인사했다.

학문[學]에 힘쓰라[懋]는 선천의 작명과는 달리 어린 시절부터 무공을 익혀 이제는 강호무림을 지배하는 거대방파인 태극천맹에서도 다섯 손가락 안에 드는 거물이 된 자.

예순 나이에도 흑발과 홍안, 그리고 쩌렁쩌렁한 목소리와 단단한 근육을 지닌 반무학의 환대를 받으며 제갈보국은 자리에 앉았다.

일인지하(一人之下) 만인지상(萬人之上)이라 할 수 있는 본천주의 집무실치고는 초라해 보일 정도로 단출하고 검소한 공간 안에 자리 잡은 탁자에는 녹차의 평범한 향이 흐르고 있었다.

제갈보국은 차를 한 모금 마시고는 내려놓았다. 그리고는 반무학을 직시하며 단도직입적으로 물었다.

"놈의 행적은?"

벌써 일 년이 넘었다, 반무학에게 담우천의 행적을 찾아 달라고 직접 부탁한 지가.

반무학은 속으로 한숨을 내쉬었다.

사실 자리가 자리이다 보니 이런 부탁과 청탁은 하루에도 수십 차례나 그에게 들어왔다. 그는 적당한 선에서 거절하거나 외면했다.

그러나 이건 오대가문 중 하나인 무적가의 수장이 직접 그를 찾아와 부탁을 한 일이었다. 그러니 자신이 할 수 있는 모든 방법을 동원하여 그 부탁을 들어줄 수밖에 없었다.

그럼에도 불구하고 지난 일 년 동안 얻은 성과라고는 아무것도 없었다. 담우천과 그 일행은 그야말로 하늘로 솟구친 듯, 혹은 땅으로 숨은 것처럼 그 종적을 헤아릴 수가 없었다.

또 그건 제갈보국도 익히 알고 있었다. 만약 무언가 단서를 잡았더라면 반드시 그에게 연락을 주었을 텐데 지금껏 아무런 연락도 오지 않았으니까.

하지만 천자산에 눌러앉은 채 느긋하게 기다리기에는 너

무나 답답하고 초조한 상황이었다. 거기에 때마침 이렇게 낙양에서 그리 멀리 떨어지지 않은 건곤가의 회합이 있었던 차라 그는 예까지 일부러 찾아왔던 것이다.

반무학은 찻잔을 내려놓으며 입을 열었다.

"작년 봄이었을 것이오. 산동에서 약간의 소란이 있었던 모양입니다."

제갈보국의 눈빛이 가볍게 빛났다. 처음 들어보는 소리였다.

반무학의 말이 계속 이어졌다.

"산동에 천궁팔부라는 문파가 있소이다."

"나도 알고 있소. 열혈태세라는 늙은이는 몇 번 본 기억이 있으니까."

"그 열혈태세에게 딸이 하나 있는데… 그 딸이 갑자기 용병들을 모았다고 합니다. 사선행자의 행수와 싸울 사람을 말입니다."

일순 제갈보국의 표정이 딱딱하게 굳어졌다. 사선행자의 행수라면 곧 담우천을 가리키는 말이었다.

동시에 걷잡을 수 없는 의문들이 그의 뇌리를 헤집기 시작했다.

도대체 저 외진 땅의 조그만 문파인 천궁팔부의 아가씨가 어떻게 담우천을 알고 있을까. 또 왜 그를 잡으려 한 것일까. 아니, 그것보다 반무학은 그런 정보를 왜 이제야 내게 말하는 것일까.

"그녀는 열두 명의 용병을 데리고 산동을 떠나 북으로 향했다고 했습니다. 하지만 그 해 여름이 지나고 가을이 가도 그녀와 용병들은 돌아오지 않았소이다."

반무학의 이어지는 말에 제갈보국은 가늘게 눈살을 찌푸렸다. 이거야말로 담우천의 행적에 관한 아주 중대한 정보가 아닌가.

점점 변하는 제갈보국의 표정과는 달리 반무학의 얼굴은 침착했다.

그는 찻잔을 들어 한 모금 마신 뒤 조용히 내려놓으며 다시 말을 이어 나갔다.

"그녀가 돌아오지 않자 결국 천궁팔부가 움직였답니다. 열혈태세는 문하의 전 고수들을 이끌고 북쪽으로 향했소이다. 해를 넘겨 올 초까지 변경 일대를 수소문했지만 결국 그는 아무것도 찾지 못하고 돌아와야 했소이다."

"왜 일찍 이야기하지 않았소?"

제갈보국은 책망하듯 물었다.

"좀 더 일찍 알게 되었다면 놈의 행방을 찾을 수 있었을 텐데."

"당시만 하더라도 그 사실은 찻잔 속의 태풍과도 같았소이다. 누구 하나 귀를 기울이는 자가 없었습니다."

제갈보국은 이맛살을 모으며 물었다.

"그렇다면 왜 그 일에 관심을 갖게 되었소?"

"그건……."

반무학이 잠시 머뭇거리다가 문득 화제를 돌렸다.

"천맹의 무한지부에 무적가의 사람이 있다고 하던데."

제갈보국은 기억을 더듬었다.

재작년 중상을 입은 아들 녀석을 만나기 위해 무한지부를 찾았을 때, 괜히 자신의 앞에서 얼쩡거리던 녀석이 떠올랐다.

구촌 당질이었지, 아마.

실력이 부족하면서도 아무런 노력을 하지 않는 녀석이었다. 가문의 위세가 마치 자신의 것인 양 오만 방자한 녀석이라 수년 전, 세상 쓴 맛 좀 보라고 무한 지부에 맡겨둔 녀석이었다.

하지만 당시 그 다급한 와중에도 여전히 성장이 더딘 놈을 보고 혀를 찼던 기억이 새삼스레 떠올랐다.

그러니까 이름이…….

"알아보니 제갈수라는 친구더군요. 무한지부의 선임당주(先任堂主)라는 직책을 맡고 있는……."

반무학의 말에 제갈보국은 저도 모르게 혀를 찼다.

바보 같은 녀석.

명색이 오대가문의 일원이 태극천맹의 최하부 조직인 분타에 파견 나간 것이다. 그런데 하다못해 부주(副主)도 아닌, 선임당주라니. 도대체 몇 년 동안 그곳에서 뭘 하고 있었다는 거냐.

"사실 그가 재작년 여름, 휴가를 내고 자리를 비운 이후 지금껏 돌아오지 않고 있습니다."

"으응?"

제갈보국의 눈매가 매섭게 휘어졌다.

"무슨 일처리가 그러하오?"

그는 반무학을 노려보며 질책했다.

"무려 일 년 반이나 자리를 비웠는데 이제 그 일에 대해서 이야기를 하다니! 언제부터 맹의 기강이 이토록 허술해진 것이오?"

반무학은 침착하게 말했다.

"물론 있어서는 안 되는 일입니다만… 속사정을 들어보면 이해가 가는 부분이 또 없지 않더군요."

제갈수는 오만했고 방탕했다. 또한 그는 자신을 오로지 무적가의 사람이라고 생각할 뿐, 무한지부에 대한 소속감은 전혀 갖지 않았다.

그런 까닭에 제갈수는 심심하면 휴가를 내어 한두 달씩

자리를 비웠고, 때로는 반년 가까이 외지를 떠돌다 돌아오기도 했다.

상관들은 제갈수의 그런 행동에 골머리를 썩었다. 하지만 아무리 그렇다고 해서 일일이 상부에게 보고할 수도 없는 노릇이었다.

어쨌든 제갈수는 오대가문 중 하나인 무적가의 사람이었으니까. 직책으로는 몰라도 정치적으로나 영향력으로는 아무리 상관이라 하더라도 그를 함부로 대할 수 없었던 것이다.

그래서 선임당주라는, 허울만 좋고 실속은 전혀 없는 자리를 그에게 주어 멋대로 행동하게끔 놔둔 것이다.

"그러니 제갈 선임당주가 몇 달, 혹은 일 년 동안 자리를 비워도 누구 하나 신경 쓰는 자가 없었던 건, 어쩌면 너무나 당연한 일일지도 모릅니다."

이런.

제갈보국은 얼굴이 화끈거렸다. 자신의 가족 중에 그런 못난이가 있다니.

반무학은 제갈보국의 표정에는 전혀 신경을 쓰지 않은 채 계속해서 말했다.

"그런데 그를 산동에서 봤다는 보고가 뒤늦게 들어왔습니다. 그 시기가 기묘하게도 천궁팔부의 아가씨가 용병을 찾던 바로 그 시기와 맞아떨어졌구요."

"흐흠."

"아마도 제갈 선임당주는 모종의 일로 휴가를 내고 산동에 갔다가… 우연찮게 그 아가씨의 용병으로 합류했던 것 같습니다. 그리고 그녀와 함께 변방으로 향했다가……."

"죽었겠군."

제갈보국은 차갑게 말했다.

"그깟 놈이 제 깜냥도 모르고 감히 사선행자의 행수에게 덤벼들다니, 그럴 정신이 있으면 애당초 천맹이나 본가에 보고부터 하는 게 정상이 아닌가?"

"아마도 확실한 정보를 얻기 전까지는 함부로 연락하기가 그랬을 겁니다. 또 그런 이유로 굳이 저 용병 무리에 합류하여 변방으로 갔던 것일 테구요."

반무학은 제갈보국을 위로하듯 말했다.

"어쨌든 뒤늦게 그 이야기를 전해 듣게 된 산동과 무한지부는 곧 사람들을 보내 확인했고 그게 사실임을 알게 되었습니다. 그래서 곧바로 추격대를 결성하는 동시에 본맹으로 연락을 취해 왔습니다. 그게 닷새 전의 일이었소이다."

그는 빈 찻잔에 차를 따르며 말을 이었다.

"닷새 전에 바로 전서구를 띄웠으니 지금쯤 천자산 무적가에 급전이 당도했을 겁니다."

반무학이 제갈보국을 처음 보았을 때 놀란 표정을 지었던 건 바로 그 때문이었다. 자신이 보낸 급전을 보고 그가 달려왔다고 하기에는 너무나도 빨리 왔던 것이다.

"흠."

제갈보국은 잠시 생각하다가 입을 열었다.

"추격대의 현황은?"

"천궁팔부와 연합하여 움직이는 중입니다. 열혈태세가 아무래도 유주의 한 객잔이 의심스럽다고 계속 주장하는 바람에 그곳으로 향하고 있을 겁니다."

"유주의 한 객잔이라……."

제갈보국은 애매하게 중얼거렸다.

물론 그곳에 여태까지 담우천이 남아 있을 리가 없었다. 천궁팔부의 호지민이라는 아가씨가 용병을 결성한 게 작년 봄의 일이었다면, 늦어도 여름 즈음에 유주의 객잔에 당도했을 것이다.

그리하여 만약 당시 그곳에서 담우천과 조우를 했다면, 그래서 모든 이가 몰살당했다면… 담우천이 그곳에 남아 있을 이유가 전혀 없는 것이다.

"도대체 놈은……."

제갈보국은 한숨처럼 입을 열었다.

"어디에서 뭘 하고 있는 것일까?"

2. 소리 없는 전투

그 무렵, 제갈보국이 그토록 애타게 찾고 있던 담우천은 사천에 있었다.

물론 그곳에는 그 혼자뿐이었다. 나찰염요는 소화와 담호, 담창과 함께 남경에 가 있었다. 작년 항주의 장원을 팔고 새로 남경에서 구입한 장원에서 그들은 담우천이 돌아오기를 기다리고 있을 것이다.

이매청풍과 만월망량은 담우천의 지시에 따라 은밀하게 움직이고 있었다. 그들의 행적은 그 누구에게도 결코 발각되어서는 안 된다. 그래서 담우천 또한 그들이 지금 어디에서 무엇을 하는지 알 수 없었다.

그렇게 담우천 홀로 이 년 만에 다시 찾아온 사천 성도부는 그리 변한 게 없었다.

여전히 봄날의 햇볕은 뜨거웠고 아침저녁 나절에는 안개가 짙었다. 하기야 사천의 안개는 촉(蜀)의 개는 해를 보면 짖는다는 말이 있을 정도로 유명하지 않던가.

그 새벽안개 속을 뚫고 성도부에 들어선 담우천은 곧장 남쪽 빈민가 깊숙한 골목길에 자리 잡은 유곽(遊廓)으로 향했다.

유곽이란 몸을 파는 여인들이 모여 사는 곳, 담우천이 그곳에 당도했을 때는 이른 아침나절, 길 양쪽의 모든 문은 영업을 마친 듯 굳게 닫혀 있었고 골목길에는 온갖 토사물과 지저분한 쓰레기들만 남아 있었다.

그 꼬불꼬불한 골목길은 미로처럼 복잡하고 어지러웠다.

하지만 담우천은 이미 다 알고 왔다는 듯이 단 한 번도 헤매지 않은 채 목적한 곳을 향해 걸어갔다.

주위 풍경과 이질적인 느낌을 주는 집이었다. 소박하고 평범해 보이는 그 집 앞에는 다른 곳과는 달리 아무런 등(燈)도 걸려 있지 않았다.

바로 이곳이 담우천의 목적지였다.

담우천은 거침없이 문을 두드렸다. 이른 아침이라 그런지 문을 두드리는 소리가 꽤 크게 울렸다.

얼마 지나지 않아 문이 조금 열렸다. 그 사이로 상당히 성숙하고 육감적이며 요염해 보이는, 하지만 아직 채 나이 어려보이는 소녀가 눈을 비비며 고개를 내밀었다.

"무슨 일이세요?"

잠에서 덜 깬 그녀의 목소리는 끈적거렸고 차졌으며 달콤했다. 담우천이 깜짝 놀랄 정도로 그녀는 성적인 매력을 지니고 있었다.

이제 열일고여덟 정도 되었을 뿐인데, 지금껏 만난 그 어

떤 여인들보다도 이 어린 여인은 담우천의 가슴을 두근거
리게 만들었다.

하지만 담우천은 여전히 무심한 표정을 유지한 채 그녀
를 바라보며 입을 열었다.

"십삼매를 만나러 왔다."

그녀는 담우천의 아래위를 훑어보며 물었다.

"누구신데요?"

"담우천."

"그런 사람 모르는데요."

"십삼매는 알 거다."

소녀는 담우천의 눈을 빤히 들여다보다가 어깨를 으쓱거
리고는 문을 닫았다. 그 틈 사이로 소녀의 중얼거리는 소리
가 희미하게 들려왔다.

"정말 언니는 별 희한한 사람을 다 안다니까."

담우천은 닫힌 문 앞에 묵묵히 서서 기다렸다.

끈적거리는 바람이 바깥쪽에서 불어와 그 더러운 골목길
을 한바탕 휩쓸고 지나갔다.

이윽고 다시 문이 열렸다.

예의 그 나이 어린, 하지만 언뜻 보기에는 성숙한 여인처
럼 육감적인 몸매를 지닌 소녀였다. 그녀는 담우천의 눈빛
을 즐기기라도 하듯이 가슴을 내밀며 말했다.

"들어오시래요."

담우천은 그녀의 뒤를 따라 집 안으로 들어섰다.

일부러 그러는 게 분명했다. 소녀는 탱탱한 둔부를 살랑거리며 걸었다. 요물이었다. 벌써부터 가녀린 허리와 흐벅진 엉덩이의 묘한 조화가 사내들의 가슴을 분탕질하게 만들기에 충분했다.

두 개의 좁은 문을 지나서 당도한 객청에는 이미 십삼매가 앉아 있었다. 비싸 보이지는 않지만 꽤 운치가 있게 그려진 산수화와 묵화들이 객청의 벽을 장식하고 있었다.

"앉으시죠."

십삼매의 말에 따라 담우천은 차탁에 앉으면서 주위를 둘러보았다.

황계의 주인이 머무는 거처치고는 소박하고 검소한 장식물들밖에 보이지 않았다.

소녀가 십삼매의 곁에 앉으려 하자 그녀가 만류했다.

"너는 들어가 있어라, 소홍."

소홍이라 불린 소녀는 입술을 삐죽였다. 그녀는 십삼매를 향해 눈을 흘겼다가 다시 담우천을 향해 배시시 웃어보이고는 살랑거리며 대청 안쪽으로 들어갔다.

"몇 살이오?"

담우천이 그 뒷모습을 보며 물었다.

"올해 열여섯 살이 되었죠."

십삼매는 한숨을 쉬며 말했다.

"벌써부터 어른 티를 내지 못해서 안달이에요."

열여섯 살이라.

확실히 어른 흉내를 내고 싶어 할 나이였다.

"그런데 무슨 일이죠?"

십삼매는 화제를 바꾸었다.

"되도록 우리와 얽히고 싶지 않다고 한 건 형부였던 것 같은데."

형부.

일순 담우천의 가슴 한편이 아려왔다.

하지만 그는 여전히 무심한 눈빛으로 아름다운 그녀의 눈동자를 직시하며 입을 열었다.

"나를 형부라 부르니, 단도직입적으로 말하겠소."

십삼매는 가만히 웃으며 담우천의 말을 기다렸다. 담우천은 잠시 생각하다가 입을 열었다.

"요 몇 년 동안 계속해서 뇌리를 떠나지 않는 의문이 하나 있었소."

"말씀하세요."

"그날… 그러니까 내 아내가 죽은 날의 일이오."

일순 십삼매는 길게 한숨을 쉬며 고개를 숙였다.

"죄송해요. 우리도 최선을 다했지만 삼신을 비롯한 무적
가를 막을 힘은…….."

"아니, 그걸 두고 말하는 게 아니오."

담우천은 손을 저으며 말했다.

"무적가의 사람들이 안강 마을에 도착한 게 우연인지는
모르겠지만 나와 하루 차이도 나지 않았소. 사실 그 당시에
는 전혀 이상하다고 여기지 않았지만… 시일이 흐르면서
다시 당시의 일을 되짚어 보니까 꽤나 수상쩍은 생각이 들
어서 말이오."

담우천은 게서 말을 끊고 잠시 십삼매를 바라보았다.

그녀는 가만히 그의 이야기에 귀를 기울이고 있었다. 역
시 얼굴만으로는 그녀가 무슨 생각을 하는지 알아차릴 수
가 없었다.

"안강 마을이 여기라면 말이오."

담우천은 탁자의 오른쪽 한곳을 손가락으로 짚으며 다시
입을 열었다.

"천자산은 서쪽으로 이 정도 거리에 있소."

그의 손가락은 처음 짚은 곳에서 왼쪽으로 한 뼘 정도 떨
어진 곳으로 이동했다.

"그리고 이곳 사천 성도부는 다시 서쪽으로 이 정도 거리
에 위치해 있소."

담우천의 손가락은 다시 왼쪽으로 한 뼘 정도 떨어진 곳으로 자리를 바꿨다.

"그러니 천자산과 사천 성도부에서 동시에 출발한다면… 안강 마을까지 거의 배나 시간이 걸릴 것이오. 한데 나는 그들과 만 하루 차이도 나지 않아서 그곳에 도착할 수 있었소. 정말 이상하지 않소?"

"그야 형부가 죽을힘을 다해서 달렸으니까요."

십삼매는 어디까지나 침착하고 평온한 표정을 유지한 채 말했다.

"반면 무적가 사람들은 대규모의 이동인 까닭에 아무래도 속도가 느려졌을 것이구요."

"물론 그것도 감안해야겠지. 하지만 아무리 그렇다고 하더라도 닷새 정도의 시간을 단축할 수는 없을 것이오. 게다가 이건 어디까지나 천자산과 성도부에서 동시에 출발했다는 가정 하의 일이오."

담우천은 십삼매를 직시하며 말을 이었다.

"하지만 당신이 내게 소식을 전해 준 것은 이미 천자산에서 그들이 안강 마을로 출발한 이후였소. 아무리 전서구가 빠르다 하더라도 천자산에서 이곳 성도부까지는 하루 이틀은 걸릴 것이고… 그러니 애당초 무적가 사람들과 나는 최소한 칠팔 일가량의 시간 차이가 벌어져 있었던 것이오."

십삼매는 아무런 말없이 담우천의 시선을 똑바로 바라보고 있었다. 그 눈빛만큼은 여전히 맑고 투명해 보였다.

담우천은 잠시 말을 멈춘 채 그녀를 지켜보다가 문득 화제를 돌렸다.

"혹시 은월천계라고 아오?"

십삼매는 당연하다는 듯이 고개를 끄덕였다.

"그들을 모르고서 어찌 정보 장사를 할 수 있겠어요?"

"그들의 정보 수집력은 어느 정도 된다고 생각하시오? 가령 황계나 흑개방에 비해서."

"글쎄요."

십삼매는 잠시 생각하다가 입을 열었다.

"아무리 낮게 잡아도 우리에 비해서 결코 뒤떨어지지 않을 거예요. 어쨌든 그들은 이 세상의 밤을 지배하는 자들이니까요."

"나는 당신의 경고를 받고 성도부를 떠난 그날 은월천사를 만날 수 있었소."

담우천이 침착하게 말했다. 순간 처음으로 십삼매의 표정에 미묘한 변화가 일었다.

"그들이 말해 주더구려. 천자산의 무적가 사람들이 안강마을로 출발할 예정이라고 말이오."

어느새 십삼매의 표정은 원래의 모습을 되찾았다. 담우

천은 그 미묘한 표정의 변화를 읽으며 말을 계속했다.

"이상하지 않소? 그들은 무적가 사람들이 출발할 예정이라고 했지 이미 천자산을 떠났다고 말하지 않았소. 왜 그렇게 말했을까? 그들의 정보 수집력이 황계에 미치지 못해서?"

"글쎄요. 그건 저도 잘 모르겠네요."

십삼매는 조용히 말했다.

"사실 그들의 정보 수집력이 뛰어나다고 하더라도 모든 분야에서 뛰어난 건 아니니까요. 어느 부분에서는 우리보다 미치지 못하는 점도 있을 것이고… 아마도 무적가에 대한 감시 같은 게 그런 경우가 아닐까 싶네요."

"그랬을까?"

담우천은 고개를 갸웃거리며 말했다.

"실은 은월천계의 정보가 옳았던 게 아니오? 그때 무적가 사람들은 아직 천자산을 떠나지 않았소. 정작 그들이 천자산을 출발한 것은 사흘, 어쩌면 닷새 뒤의 일이었을 것이오. 그렇지 않소?"

"아뇨."

십삼매는 딱 부러지게 말했다.

"그날 제가 받은 밀전에는 확실히 그들이 출발했다고 적혀 있었어요."

담우천은 입을 다물었다. 그리고 그녀의 눈을 똑바로 바라보았다.

십삼매 또한 고개를 돌리거나 시선을 피하지 않았다. 두 사람의 눈빛이 허공 한가운데에서 마주쳤다. 그들은 서로의 눈빛을 통해 상대의 의중을 파악하고 진실을 찾으려고 애를 썼다.

그것은 신경전 따위가 아니었다. 서로의 예리한 심기와 확고한 의지, 그리고 맹렬한 살기를 가지고 상대의 허점과 진심을 파악하는 전면전과 같았다.

그것은 비록 아무런 소리도 움직임도 없었지만 그 무엇보다 치열한 싸움이었고 전투였다.

3. 형부의 힘이 필요해요

잠시 후 담우천은 길게 한숨을 쉬며 입을 열었다.

"우리가 안강 마을에 숨어 있다는 걸 알고 있는 사람들은 오직 황계뿐이었소."

"글쎄요. 그건 확실한 게 아니죠."

십삼매는 차분하게 말했다.

"우리가 알고 있다면 다른 자들도 알고 있을 가능성이 없을 리가 없으니까요. 세상에는 황계만큼 뛰어난 정보 수집력을 지닌 세력이 많거든요. 형부가 조금 전에 거론하셨던 은월천계나 흑개방을 제외하고두요."

담우천이 다시 입을 열려고 했다.

하지만 그보다 먼저 십삼매가 손을 들어 그의 말문을 막았다.

그리고 그 어느 때보다 부드럽고 진실한 눈빛으로 담우천을 바라보며 말했다.

"형부가 무슨 생각으로 그런 말씀을 하는지 잘 알겠어요. 내가 언니의 거처를 놈들에게 전해 주었다고 여기는 거잖아요? 언니의 목숨을 담보로 해서 형부가 놈들과 싸우도록 말이에요."

담우천은 입을 다물었다. 그는 확실히 그런 생각을 하고 있었고 또 그걸 확인하기 위해 이곳까지 온 것이었다.

"하지만 굳이 제게 그럴 필요가 있었을까요? 제가 그런 공작을 벌이지 않더라도 무적가와 형부는 이미 같은 하늘을 지고는 살아갈 수 없는 사이가 되지 않았던가요? 그런데 왜 제가 언니의 목숨을 가지고 일을 벌이겠어요?"

그야 좀 더 확실하게 일을 진행하고 싶어서…….

담우천은 그렇게 말하고 싶었다. 하지만 십삼매는 그가 말할 틈을 주지 않았다.

"만약 제가 확실하게 일을 진행하고 싶었다거나 혹은 무적가와 형부를 좀 더 빨리 싸우게 만들고 싶었다면 절대 그런 식으로 일을 꾸미지 않았을 거예요."

십삼매는 여전히 침착한 목소리로 말했다.

"놈들에게 안강 마을에 대한 정보를 알려주는 대신 차라리 형부가 성도부에서 치료하고 있다는 정보를 넘겨줬을 거예요. 그래서 형부가 위기에 처하게 되었을 때, 우리가 나서서 도와주는 거죠. 그렇게 된다면 훨씬 더 많은 짐을 형부에게 지울 수가 있었겠죠. 아마도 우리의 부탁을 더 이상 거절할 수 없을 정도의 무게이겠죠."

담우천은 입술을 깨물었다. 그녀의 말에도 일리가 있었던 것이다. 반박할 말이 쉽게 떠오르지 않을 정도의 논리도 갖추고 있었다.

그녀는 한숨을 쉬며 말했다.

"언니를 죽여서라도 형부를 놈들과 싸우게 만들겠다니, 저를 그렇게 독한 년이라고 생각해도 어쩔 수가 없어요. 하지만 그렇게 단정해서 저를 나쁜 년으로 만들 작정이라면… 무엇보다 그러기에 충분한 증거를 가지고 와서 저를 닦달하셔야죠. 그저 조금의 의심과 약간의 추정만으로 단정 짓기에는 제가 너무 불쌍하지 않나요?"

담우천은 여전히 말을 하지 못했다.

십삼매는 차를 한 모금 마셨다. 실내의 분위기는 걷잡을 수 없을 정도로 무겁게 가라 앉아 있었다. 그녀는 잠시 생각하다가 다시 입을 열었다.

"제가 아는 사람 중에 포두가 한 명 있어요. 지금은 관복을 벗었지만… 어쨌든 그가 입버릇처럼 하는 말이 있어요. 물증(物證)이 없는 한, 심증(心證)은 한갓 추측에 지나지 않는다. 그러니 반드시 물증이 필요하다, 라구요."

그녀는 담우천을 직시했다.

그것은 부드럽지만 한없이 강해 보이는 시선인 동시에 따스하지만 단호한 결의가 담긴 눈빛이었다.

"그러니 저를 의심하고 핍박하려면……."

그녀는 침착하고 또렷하게 말했다.

"그에 걸맞은 증거를 가지고 오세요. 이렇게 단지 추측만으로 한 사람을 죄인으로 몬다면… 누명 쓴 자의 억울함은 어떻게 풀어야 할까요?"

담우천은 대답하지 못했다. 말을 할 수가 없었다. 그녀의 말은 처음부터 끝까지 옳았고 타당했다.

졌다.

처음으로 느끼는 패배감이 그의 전신을 휘감았다. 결국 그는 한숨처럼 입을 열었다.

"미안하오."

그는 말했다.

"확실한 증거가 없는 한 더 이상 이 일에 대해서 왈가왈부하지 않겠소."

십삼매는 당연하다는 듯이 고개를 끄덕였다.

"알겠어요. 그리고……."

그녀는 담우천과 비슷한 눈빛을 지으며 말을 이었다.

"어쨌든 놈들은 제 언니를 살해했어요. 그러니 제가 할 수 있는 모든 방법을 동원해서… 놈들에게 복수할 생각이에요. 거기에……."

그녀는 담우천을 바라보며 말했다.

"형부의 힘도 필요해요."

담우천은 물끄러미 그녀를 바라보았다. 다른 건 몰라도 지금 한 말만큼은 확실히 진심이었다.

담우천이 가만히 있자 그녀는 다시 한 번 그를 설득하듯 말했다.

"만약 제게 불만이 있거나 의심이 남아 있다면… 멀리서 따로 조사하는 것보다 차라리 저와 가까이 있으면서 주변을 살피는 게 더 낫지 않겠어요?"

그것도 맞는 말이다. 아무래도 가까이 있다 보면 그녀에 대한 것들을 더욱 많이 알 수 있을 것이다.

"사실 지금 저는 형부의 힘이 절대적으로 필요해요. 그래서 약속하겠어요."

담우천이 가만히 있자 십삼매는 조금 안달이 난 듯 말을 이었다.

"저를 도와주세요. 만약 제가 원하는 목표가 이뤄진다 면… 그때는 제 목숨, 형부에게 맡기도록 할게요."

담우천은 무심한 얼굴로 그녀의 얼굴을 바라보았다.

하지만 마음 깊은 곳에서는 한가닥 웃음이 절로 흘러나 왔다.

결국 내가 이긴 거다.

담우천은 내심 그렇게 중얼거렸다.

비록 자하의 죽음에 대한 의구점을 완벽하게 파헤칠 수 는 없었지만 그래도 그가 이곳에 온 진짜 목적은 달성할 수 있었다. 그러니 결국 마지막에 승리한 사람은 자하가 아니 라 담우천이었다.

그는 차분한 어조로 말했다.

"사람이 필요하오."

第三章
협객(俠客)은 불망은(不忘恩)이라고

담우천은 담담한 어조로 말을 이었다.

"내가 약속하겠소. 안전한 곳에 당도하면 이 꼬마 계집을 풀어준다고."

소녀가 불쑥 말했다.

"내가 나를 어린 꼬마 계집이라고 한다고 해서 당신까지 꼬마 계집이라고 하면 안 되지. 내 이름은 예예(芮芮)야."

담우천은 저도 모르게 피식 웃고야 말았다. 그는 곧 고개를 끄덕이며 정정했다.

"그래, 안전한 곳에 당도하면 예예를 풀어주겠소. 약속하오."

1. 초대하지 않은 손님들

십삼매의 집에서 나온 담우천은 곧장 인근 객잔을 찾아 별채 하나를 빌렸다.

그리고 예전에 신세를 졌던 구씨 의생을 찾아갔다. 하지만 그 집에는 이미 다른 사람이 살고 있었다.

"아, 구씨 의생이요? 작년 여름인가… 항주 쪽으로 간다고 했죠? 아예 이 집까지 팔고 갔으니까 한동안은 돌아오지 않을 겁니다."

집주인의 말을 뒤로 하고 담우천은 돌아섰다.

왠지 아쉽고 안타까운 마음을 감출 수가 없었다. 구씨 의생을 안 것은 불과 보름도 되지 않았다. 하지만 평생의 친구를 사귄 듯, 그는 진심으로 구씨 의생을 좋아했고 또 존경했다. 그래서 꼭 한 번 다시 만나고 싶었던 것인데.

이런 게 삶인 것이다. 이런 게 인연인 거다. 한 번 만나면 언제 어떻게 헤어지게 될지 아무도 몰랐다. 그래서 한 번 맺은 인연은 소중하게 여겨야 하는 법이었다.

담우천은 다시 객잔으로 돌아왔다. 그가 빌린 별채에는 초대하지 않은 손님들이 마치 주인처럼 앉아서 담우천을 기다리고 있었다.

담우천은 가볍게 눈살을 찌푸리며 객청에 들어섰다. 손님들이 자리에서 일어났다.

"미안해요, 주인도 없는 곳에 함부로 들어와서."

십삼매는 전혀 미안하지 않은 얼굴로 그렇게 말했다.

역시 십삼매였고 황계였다.

그녀의 집을 나선 이후로 담우천의 뒤를 밟는 자는 단 한 명도 없었다. 그런데 이미 담우천의 거처가 어디인지 정확하게 파악하고 있는 것이다. 어쩌면 이 객잔도 황계의 소유물인지 몰랐다.

담우천은 무뚝뚝하게 말했다.

"앉읍시다."

십삼매와 함께 온 사내는 엉덩이를 긁적거리며 앉았다.

서른 중반? 멧돼지처럼 단단하고 뚱뚱한 체구를 지닌, 별
볼 일 없게 생긴 사내였다.

고수다.

하지만 담우천은 그의 실력을 알아보았다. 아니, 정확하
게 말하자면 저 사내의 내공 수위를 느낄 수 있었다. 풍기
는 기세로 짐작하건대 내공만으로는 담우천조차 상대가 되
지 않을 정도의 엄청난 내력을 지닌 듯했다.

그 사내가 멀뚱거리는 얼굴로 말했다.

"초면에 실례했소. 강만리라고 하오."

십삼매는 사내의 곁에 조신하게 앉으며 소리 내지 않고
입술만 놀렸다.

'제가 말씀드렸던 그 전직포두……'

그렇게 말하는 듯했다.

'호오, 전직포두라.'

일개 포두가 저만한 내공을 지니고 있다니.

문득 변방 유주에 있었을 때 들었던 소문들이 떠올랐다.
황궁의 역모 사건을 해결한 자가 무공 솜씨가 뛰어난 전직
포두였다고 했던가.

담우천은 그를 바라보며 입을 열었다.

"담우천이라고 하오."

"담 형이셨구려."

강만리라고 자신을 소개한 사내는 고개를 끄덕였다.

아무래도 이 자리가 내키지 않는 모양이었다. 어쩌면 십삼매와 함께 있다는 것 자체가 불만인지도 몰랐다. 어쨌든 사내의 표정은 뚱해 있었고 그래서 담우천 또한 더욱 무뚝뚝한 얼굴이 되었다.

십삼매가 희미하게 웃으며 입을 열었다.

"지금 제가 소개시켜드릴 수 있는, 최고의 실력자이세요. 강 오라버니라면 충분히……."

강만리가 손을 내저으며 그녀의 말을 잘랐다.

"오라버니라고 부르지 말라니까."

"죄송해요. 깜빡 잊고 있었네요. 이분 강 대인이라면 충분히 형부를 도와드릴 수 있을 거예요."

십삼매가 형부라고 부르자 강만리가 문득 호기심의 눈빛으로 담우천을 바라보았다.

담우천도 헛기침을 하면서 말했다.

"형부라고 부르지 마시오."

십삼매는 '도대체 사내들이란……' 하는 표정을 지으며 한숨을 내쉬고는 고개를 끄덕였다.

"원한다면 그렇게 할게요, 담 대협."

담우천과 강만리는 저도 모르게 서로를 돌아보았다.

당신도?

당신도?

두 사람의 눈빛은 서로에게 그렇게 묻고 있었다. 당신도 저 여우같은 여인에게 휘둘리고 있느냐고.

어쩐지 동질감을 느낄 수 있는 표정들이었다. 그렇게 서로의 상황을 이해하는 순간 그들은 왠지 상대에게 호감을 느꼈다.

어쩌면 그건 십삼매와 엮여본 적이 있는 사람들만이 공유할 수 있는 감정이리라.

"사실 나는 아무것도 모른 채 무작정 십삼매에게 끌려왔소. 그래서 지금 담 형이 어떤 처지인지도 잘 모르오."

강만리의 목소리가 조금은 더 부드럽게 들렸다. 십삼매가 달콤하게 웃으며 말했다.

"그래서 제가 설명해 드린다고 했잖아요?"

"무슨 소리야? 너와 찾아온 걸 예예가 보기라도 했다면 아마 난리가 났을 거야. 그래서 서둘러 자리를 옮긴 게고."

담우천은 두 사람의 대화를 듣다가 고개를 갸웃거렸다.

예예?

어디서 들어본 적이 있는 이름이었다. 담우천은 잠시 기억을 더듬었다.

담우천은 담담한 어조로 말을 이었다.

"내가 약속하겠소. 안전한 곳에 당도하면 이 꼬마 계집을 풀어준다고."

소녀가 불쑥 말했다.

"내가 나를 어린 꼬마 계집이라고 한다고 해서 당신까지 꼬마 계집이라고 하면 안 되지. 내 이름은 예예(芮芮)야."

담우천은 저도 모르게 피식 웃고야 말았다. 그는 곧 고개를 끄덕이며 정정했다.

"그래, 안전한 곳에 당도하면 예예를 풀어주겠소. 약속하오."

몇 년 전 북해에서의 기억을 떠올린 담우천은 저도 모르게 아, 하고 짧은 탄성을 흘렸다.

강만리와 십삼매가 다툼을 멈추고 그를 돌아보았다. 담우천은 혹시나 하는 생각에 입을 열었다.

"혹시 강 형의 예예라는 분이 북해빙궁에서 오지 않으셨소?"

이번에는 십삼매와 강만리가 깜짝 놀랐다. 특히 강만리는 말까지 더듬었다.

"그, 그걸 어떻게……."

담우천은 저도 모르게 피식 웃음을 흘렸다.

삶이란 이런 것이다. 인연이란 이런 것이다. 한 번 연이

닿은 사람이라면 언제 어디에서 어떻게 서로 만나게 될지 모르는 거다.

그래서 인연은 소중하게 여겨야 하는 법이다.

담우천은 궁금해 하는 사람들을 보며 입을 열었다.

"사 년 전이던가. 북해에서 만난 적이 있었소. 당시 그녀는 정혼자가 마음에 들지 않아 가출을 시도하던 참이었고."

"아……."

강만리는 고개를 끄덕였다.

확실히 예예는 정혼자와의 혼인을 거부하여 가출했고 그로부터 약 일 년이 지나 강만리와 만났다. 이후 강만리는 그녀로 인해 무림포두(武林捕頭)라는 별명이 생겼고 덕분에 꽤 많은 일을 겪어야 했다.

심지어 황궁까지 가서 연쇄살인사건을 해결하고 역모를 막는 쾌거까지 이룰 수 있었다.

강만리는 손뼉을 쳤다.

"알고 보니 예예의 지인이셨구려. 반갑소이다."

"지인이라고까지 할 것은……."

"자자, 이럴 게 아니라 우리 집으로 갑시다. 예예의 친구라면 곧 내 친구가 되는 법, 내 친구가 오래간만에 이곳 성도부를 찾아왔는데 객잔 별채에 머물게 할 수는 없는 노릇이지. 안 그런가?"

"물론이죠, 오라… 강 대인."

십삼매는 활짝 웃으며 고개를 끄덕였다.

어, 어라… 일이 왜…….

담우천은 어리둥절할 틈도 없었다.

강만리는 의외로 싹싹했고 십삼매는 그의 편이었다. 두 사람이 주거니 받거니 하는 가운데 담우천은 어쩔 도리 없이 자리에서 일어나야만 했다.

2. 언니는 죽었어요

놀랍게도 예예는 그를 기억하고 있었다.

"와아, 아저씨!"

그녀는 담우천을 보자마자 두 팔을 벌리며 펄쩍 뛰듯 달려오다가 강만리의 눈치를 보고는 이내 조신한 모습을 보이며 고개를 숙였다.

"정말 오래간만이네요. 도대체 몇 년 만이죠?"

열대여섯 살 어린 계집에 불과했던 예예였다. 하지만 지금은 스무 살의 멋진 여인이 되어 있었다.

"사 년 만인가?"

담우천은 그녀를 바라보며 말했다.

"이제 여인이 다 되었군."

강만리가 헛기침을 하며 말했다.

"내 아내외다."

담우천은 깜짝 놀랐다. 어지간해서는 표정의 변화가 없는 그였지만 이번만큼은 확실히 놀란 그였다.

"정말이오?"

"정말이오."

담우천은 다시 한 번 강만리를 바라보았다.

서른 중반 가량. 뱃살이 두둑해서 두 손으로 만지고도 남을 정도. 체구는 건장했지만 다리는 짧고, 습관적인 듯 엉덩이를 긁적거리는 무심한 사내.

그런 사내가 이제 갓 스물이 된 아리따운 여인의 남편이라니, 믿을 수가 없었다.

하지만 예예는 외려 강만리가 내 아내요, 라고 말한 게 매우 기쁜 듯 얼굴을 살짝 붉히며 다소곳하게 말했다.

"맞아요. 우리 그이랍니다."

이런, 이런.

왈가닥에 말괄량이였던 그녀가 이렇게 조신한 아낙네로 변하다니.

이게 세월의 힘인가, 아니면 사랑의 힘인가.

"어쨌든 안으로 들어가죠. 밖에서들 이럴 게 아니라."

예예는 그렇게 말하다가 문득 표정을 굳혔다.

담우천과 강만리의 뒤쪽에 서 있던 십삼매를 그제야 발견한 것이다.

십삼매는 빙긋 웃으며 말했다.

"오랜만이에요."

예예는 표독스러운 표정을 지으며 물었다.

"무슨 일이시죠?"

"여기 담 대협께서 사람이 필요하다고 해서 오라… 강 대인을 소개해 드렸어요."

십삼매는 강만리의 눈매가 매섭게 휘어지는 걸 보면서 얼른 말을 바꿨다.

하지만 예예의 표정은 더욱 딱딱해졌다.

"언니가 주선했다니, 왠지 기분이 좋지 않네요."

"그렇게까지 생각하지 말아요. 어차피 담 대협과 모르는 사이도 아니고… 또 무엇보다 요 근래 한동안 아무 일도 하지 않았잖아요? 애 키우려면 돈이 많이 들어갈 텐데."

"허험."

강만리가 헛기침을 했다.

"애도 있소?"

담우천이 묻자 예예는 표정을 바꿔 달콤하게 웃으며 말했다.

"네. 이제 두 살이에요. 얼마나 귀여운지 몰라요."

"아들이오?"

담우천은 예예가 남의 부인이라는 것을 감안하여 말을 높였다.

예예는 활짝 웃으며 고개를 끄덕였다. 그러다가 문득 생각났다는 듯이 손뼉을 치며 입을 열었다.

"아, 아저씨도 사내아이들이 둘이나 있었죠? 큰 애가 아호였고… 그 조그만 녀석이 아창이였던가요? 지금 제 아이가 그때 그 아창만 해요."

"지금은 꽤 컸다오. 아주 발차기를 잘해서 집안의 물건은 모두 박살 내고 다니오."

"그렇군요. 참, 아이들 엄마는? 찾으셨나요?"

그녀는 기대감에 눈을 반짝이며 물었다.

일순 담우천은 입을 다물었다. 십삼매가 나지막한 어조로 말했다.

"이야기가 길어요. 들어가서 말하죠."

예예는 다시 그녀를 노려보았지만 담우천의 표정이 심상치 않다는 걸 느끼고는 고개를 끄덕였다.

"좋아요. 얼른 들어오세요."

*   *   *

강만리의 장원은 매우 크고 화려했다. 장원 입구에는 무림포두라는 네 글자가 새겨진 현판이 걸려 있었고 그 안으로는 넓은 마당과 여러 채의 전각이 우뚝 서 있었다.

"이렇게 웅장해야만 손님들이 많이 찾아올 거라고 예예가 적극적으로 주장하는 바람에……."

강만리는 머쓱한 표정을 지으며 말하다가 아얏, 하며 입을 다물었다.

예예는 담우천을 돌아보고는 씨익 웃으며 혀를 내밀었다. 이미 애 엄마가 된 그녀였지만 아직도 어린 시절의 그녀가 남아 있는 것이다.

그들이 마당 정면으로 보이는 본채로 향할 때 몇몇 사내가 강만리를 향해 인사하다가 따라 걸어오는 십삼매를 보고는 움찔했다.

그들 또한 이곳 안주인인 예예가 십삼매를 결코 반기지 않는다는 걸 잘 알고 있는 모양이었다. 그런데 저렇게 함께 안으로 걸어 들어오다니.

강만리는 본채의 대청으로 담우천과 십삼매를 안내했다. 예예가 차와 말린 과일을 준비하겠다면서 밖으로 나갔다. 강만리는 한숨을 쉬며 식은땀을 흘렸다. 그리고 십삼매를 노려보며 으르렁거리듯 말했다.

"그것 봐라. 따라오지 말랬지."

십삼매는 태연한 얼굴로 대꾸했다.

"그래도 내가 있어야 이야기가 잘 풀려요."

"잘 풀리기는."

강만리는 진지한 얼굴로 말했다.

"비록 담 대협께서 예예의 지인이라 이곳으로 모셨지만 어떠한 일이 있더라도 네 부탁은 들어 주지 않을 것이다. 아니, 들어 주고 싶어도 예예가 허락하지 않을 게야."

"어머, 불쌍해라."

십삼매는 한숨을 쉬며 말했다.

"그녀에게 꽉 잡혀 사시네요."

강만리는 헛기침을 하며 말했다.

"아내 말을 잘 들으면 자다가도 떡이 생긴다고 했네."

"그런 속담은 처음 들어보는데요."

"그건 강 형 말이 맞소."

담우천이 강만리의 편을 들어 주었다.

"제대로 된 아내라면 결코 남편에게 해가 되는 일은 하지 않으니까."

강만리가 반색했다.

"허어, 이거 참. 오늘 처음 보는 사이이지만 갈수록 담 형 이 좋아집니다."

"나도 강 형이 남 같지 않게 느껴지오."

예예 때문일까, 아니면 십삼매 때문일까. 두 사내는 의외의 곳에서 동지애를 느끼고 있었다.

"무슨 이야기를 그리 재미있게 하세요?"

예예가 들어오며 물었다. 그녀의 뒤로 투박하게 생긴 사내 하나가 상을 들고 왔다.

그는 탁자 위에 말린 과일과 과자들, 차를 올려놓으며 헤헤 웃는 표정으로 십삼매에게 알은척을 했다. 그리고 뒤이어 담우천을 향해 꾸벅 고개를 숙이며 말했다.

"잘 찾아오셨습니다. 우리 형님께서는 어떤 청부든 완벽하게 해결해 주실 능력이 있으니까요."

"됐다. 가 봐라. 석정."

강만리는 냉정하게 축객령을 내렸다. 석정이라 불린 사내는 머리를 긁적이며 다시 객청을 나갔다.

"잘 대해주세요. 그래도 오라… 강 대인 따라서 관복을 벗은 유일한 사람인데."

"네가 말하지 않아도 잘 대해 주고 있다."

강만리가 말할 때 예예가 바로 그 옆자리에 앉으며 그의 어깨에 살짝 몸을 기댔다. 아무래도 십삼매에게 묘한 적개심을 가진 모양이었다.

예예는 그 상태로 담우천을 향해 물었다.

"설마 아직 부인을 찾지 못하신 건가요?"

담우천이 입을 열기도 전에 십삼매가 먼저 말했다.

"언니는 죽었어요."

예예는 물론 강만리도 놀란 얼굴로 그녀를 돌아보았다. 십삼매는 차분한 어조로 말했다.

"기이한 일이죠? 담 대협의 아내 되시는 분이 제 사촌언니였거든요."

"세상에나!"

예예는 입을 다물지 못했다. 십삼매는 계속해서 말을 이어나갔다.

"예전에 집을 나갔다가 우연히 담 대협과 알게 되었다네요. 그래서 우리는 전혀 모르고 있었죠."

십삼매는 거기까지 말한 후 담우천을 힐끗 쳐다보았다. 담우천은 무심한 표정을 지은 채 차를 마시고 있었다. 십삼매는 그게 긍정의 표시라고 생각한 듯, 계속해서 말을 이어나갔다.

그녀는 자하가 어떤 고생을 했는지, 천자산에서 자하가 어떻게 구출되었는지, 또 안강 마을에서 어떻게 죽게 되었는지 이야기했고 그 와중에 자신이 어떤 노력을 했는지에 대해서도 간략하게 설명했다.

예예와 강만리는 손에 땀을 쥐고 그녀의 이야기에 귀를 기울였다.

그들은 자하가 당한 수모와 치욕에 함께 분노했으며 자하를 구출하는 대목에서는 저도 모르게 탄성을 내지르며 박수를 쳤다. 또한 그들은 잔뜩 가슴을 졸인 채 안강 마을에서의 이야기를 들었다.

이윽고 십삼매의 모든 이야기가 끝났을 때에는 듣고 있던 예예의 눈에 눈물이 그렁그렁 담겼다.

강만리도 연신 헛기침을 하며 애써 눈물을 지워내려 했다. 멧돼지처럼 생긴 겉모습과는 달리 생각보다 마음이 여린 사람인 듯 보였다.

"미안해요, 괜한 질문을 해서."

예예는 담우천을 향해 울먹거리며 사과했다. 담우천은 표정의 변화 없이 말했다.

"괜찮소. 이미 오래전에 지나간 일이오."

예예는 그런 담우천의 담담한 표정이 이해가 가지 않는다는 듯이 쳐다보다가 강만리에게 귀엣말을 건넸다.

"당신도 나 죽으면 금방 잊을 거야?"

"허엄, 험!"

강만리는 헛기침을 할 수밖에 없었다. 십삼매가 희미하게 웃으며 말을 맺었다.

"어쨌든 그래서 복수를 하려고 하는 거예요, 담 대협은."

예예는 눈물을 닦았다. 강만리도 길게 한숨을 내쉬며 담우천을 바라보았다.

누구 하나 입을 여는 이가 없었다.

복수의 대상은 오대가문 중의 하나인 무적가. 그것도 무적가의 소가주를 비롯한 삼신 등, 주요 인물들이 담우천이 상대해야 할 자들이었다.

아니, 그나마 거기에서 끝나면 다행이었다. 자칫하다가는 오대가문과 태극천맹 전체를 두고 싸워야 할 수도 있었다. 즉 목숨이 열 개라고 해도 부족한 상황인 게다.

담우천은 식어버린 찻물을 들이킨 후 찻잔을 내려놓으며 천천히 입을 열었다.

"내가 황계에 부탁한 것은 나와 함께 목숨을 걸고 놈들과 싸울 수 있는 사람이었소. 하지만 공교롭게도 황계가 소개시켜준 사람이 예예의 남편일 줄은… 전혀 몰랐소."

예예가 방긋 웃으며 강만리의 솥뚜껑만 한 손을 매만졌다.

"그러니 이번 부탁은 없던 걸로 해도 상관없소. 사실 생판 모르는 사람도 아닌 이를 사지(死地)로 내몬다는 건 나역시 마음이 편치 않소. 행여 일이 잘못되기라도 한다면……."

담우천의 말에 강만리는 고개를 끄덕였다.

'이치에 맞는 말이다. 게다가 예예는 십삼매라면 무조건

눈에 불을 켜니 이번 일은 맡지 않는 게 당연하다.'

그가 그렇게 생각할 때였다.

"아니에요."

예예가 딱 부러지게 말했다.

"이이와 함께 가세요. 이이, 다른 건 몰라도 살아남는 재
주 하나는 뛰어나거든요."

"어어, 예예."

강만리는 예상 밖의 말에 좁쌀만 한 눈을 크게 뜨며 제
아내의 이름을 불렀다.

반면 십삼매는 묘한 미소를 입가에 머금은 채로 예예를
바라보았다.

예예는 그녀의 눈길은 의식하지도 못한 듯 오로지 담우
천만을 바라보며 말을 이어나갔다.

"그때 아저씨께 도움을 받았으니까 이제 그 빚을 갚을 때
가 된 거죠. 협객(俠客)은 불망은(不忘恩)이라고, 강호를 살
아가는 우리가 은혜를 갚지 않으면 또 누가 있어서 은혜를
갚으며 살아가겠어요?"

3. 사내가 다른 사람을 위해 목숨을 건다는 건

"악처(惡妻)야, 당신은."

강만리는 길게 한숨을 쉬며 중얼거렸다.

"남편을 사지로 내몰다니 말이지."

예예는 자리에서 일어나 그의 등 뒤로 돌아갔다. 그녀는 두 손으로 강만리의 어깨를 주무르면서 다정하게 말했다.

"당신을 믿거든요."

"하지만 상대는 무적가라구."

"당신의 운이 더 강해요."

"운만으로는 버티기 힘들다니까."

"이길 거예요, 언제나 그랬듯이."

예예는 강만리의 두툼한 목을 끌어안으며 속살거렸다.

"황궁에서의 사건을 해결하고도 당신은 몇 번이나 죽을 고비가 있었어요. 하지만 그때마다 당신은 슬기로운 지혜와 예리한 추리력, 그리고 가공할 무위를 바탕으로 그 위기들을 헤쳐 나갔구요."

"허험."

"그래요. 그래서 저는 당신은 세상 그 누구보다도 믿고 있어요. 당신이기 때문에 그런 부탁을 들어줄 수 있는 거예요."

예예는 그 도톰하고 귀여운 입술로 강만리의 볼에 입을 맞추며 말을 이었다.

"게다가 당신도 늘 말했잖아요. 한 번 은혜를 입었으면 반드시 두 배로 갚아줘야 한다고 말이에요."

"그야……."

"만약 제가 자하 언니와 같은 일을 당했다면 당신은 어떻게 했을 것 같아요?"

"그야……."

"나는 자하 언니와는 한 번도 만난 적이 없지만 언니의 아들들을 잘 알아요. 그리고 언니의 남편에게도 커다란 도움을 받았구요. 그러니 나도 자하 언니의 동생이라고 할 수 있어요. 동생이 언니의 복수를 원하는데 그 남편이 가만있는 건 말이 안 되잖아요?"

"물론 그야……."

강만리는 몇 번이고 입을 열었다. 하지만 언제나 예예의 말이 더 빨랐다. 결국 강만리는 잠자코 그녀의 말을 들을 수밖에 없었다.

"그리고 조금 전에 십삼매에게도 못을 박아 두었으니까. 이번 일을 마지막으로 두 번 다시 우리를 찾아오지 말라구요. 그러니 이번만 고생하세요."

강만리는 말을 하려다가 입을 다물었다.

그랬군.

어쩌면 담우천에게 진 빚을 갚는다는 건 핑계일지도 몰랐다. 어쩌면 두 번 다시 십삼매가 자신의 남편에게 접근하지 못하도록 하는 게 예예의 진심이었을 것이다.

그리고 예예의 그런 이야기에 십삼매는 확실하고도 화끈하게 대답했다.

"그래. 두 번 다시 나타나지 않을게. 십삼매와 황계의 이름으로 맹세하지."

거기까지 생각하자 강만리는 더 이상 이런저런 말을 늘어놓을 수가 없었다.

"좋아."

강만리는 끄응, 하며 자세를 고쳐 앉았다.

"긍정적으로 생각해 보지. 하지만 아직 확답은 하지 않겠어."

"어휴, 정말."

예예가 눈을 찌푸렸다.

"도대체 언제부터 이런 좀생원이 된 거죠? 예전에 제가 알던 그 산동의 미친 호랑이는 어디로 간 거죠?"

너와 함께 살면서, 너와 내 아이가 태어나면서.

강만리는 그렇게 말하고 싶었다.

홀몸이었을 때와 부양할 가족이 생겼을 때의 사내는 다른 법이었다. 그 목숨의 값어치는 천양지차였다. 더 이상

자기 마음대로, 함부로 버릴 수 없는 목숨이 된 것이다.

왜 그걸 몰라 주냔 말이다.

강만리는 입술을 내밀었다.

그때였다. 복도 안쪽에서 아이 울음소리가 들려왔다. 예예가 화들짝 놀라며 몸을 일으켰다.

"아정(兒正)이 낮잠에서 깼나 봐요."

예예는 다시 한 번 강만리를 노려보며 말했다.

"아정이 크면 부끄럽게 생각할 거예요, 지금의 아빠에 대해서."

그런 말을 남긴 후 그녀는 서둘러 객청을 빠져나갔다.

이제 객청에 홀로 남게 된 강만리는 무겁게 한숨을 내쉬며 어깨를 축 늘어뜨렸다.

자신을 이해하지 못하는 예예가 원망스럽지는 않았다. 단지 이런 난감한 일거리를 가치고 온 십삼매가 원망스러울 뿐이었다.

"무적가라……."

도대체 어디에서부터 어떻게 시작해야 하나. 그리고 또 이번 일에 끼어든다면 어디까지 관여해야 할까.

예예가 협객 운운하기는 했지만 사실 강만리는 자신이 협객이라는 생각은 하지 않았다. 그는 사소한 은혜를 갚기 위해서 목숨까지 걸 생각은 전혀 없었다.

물론 사정이 허락하는 범위 내에서, 자신이 할 수 있는 한도 안에서는 은혜를 갚으려 노력할 생각이었다. 그건 과거에도 그랬고 현재도 그렇고 앞으로도 그럴 것이다.

지금 그에게 있어서 가장 중요한 것은 예예였고 또 그의 아들이었다. 그들과 함께 행복하게 사는 것, 그게 가장 중요한 일이었다.

그런데 사 년 전 잠깐 스쳐 지나간 예예의 인연 때문에, 그때 받았던 소소한 도움 때문에 굳이 자신이 목숨까지 걸어야 할 필요는 없는 것이다.

그러니 이번에도 적당한 선까지만 끼어들어야 했다. 도를 넘으면 문제가 생긴다. 적절한 거리. 안전하게 치고 빠질 수 있는 간격을 유지해야 했다.

'말이야 쉽지…….'

상대는 무적가라는 말이다.

강만리의 인상이 찌푸려질 수밖에 없었다.

*　　*　　*

"고약하군, 당신은."

무림포두의 화려한 장원을 빠져나오면서 담우천은 십삼매를 향해 그렇게 말했다. 그녀는 무슨 뜻이냐는 듯이 아름다운 눈을 동그랗게 뜨면서 그를 돌아보았다.

"이 모든 걸 다 알고 있지 않았소?"

담우천은 예리한 눈빛으로 그녀를 바라보면서 말했다.

"애당초 강만리라는 사람을 내게 소개한 것부터 시작해서 나와 예예에게 얽힌 인연이 있었다는 것, 그래서 그녀가 결코 이번 의뢰를 거절할 수 없었다는 것까지… 모두 당신의 계획대로 진행된 게 아니오?"

"설마요."

십삼매는 배시시 웃으며 말했다.

"형부… 담 대협과 예예의 인연은 오늘 처음 알았어요. 물론 그 덕분에 일이 쉽게 진행되기는 했지만, 꼭 그게 아니라도 이번 일은 그녀가 결코 거절할 수가 없었을 거라구요."

"당신의 마지막 약속 때문에?"

"네. 그녀는 내가 그 이… 강 대인에게 접근하는 걸 무엇보다 싫어하니까요. 그것만 약속한다면 반드시 이번 일은 성사될 거라고 생각했어요."

과연 그럴까.

담우천은 고개를 저었다.

물론 그 이유도 컸을 것이다. 하지만 그 이유만으로 제 남편을 사지로 내몰 예예라고는 생각할 수가 없었다. 최소한 몇 날 며칠은 진지하게 고민해야 할 일이었다.

그러나 담우천에게 도움을 받은 적이 있는 예예였기에 그의 면전 앞에서 대놓고 거절하거나 고민할 수가 없었을 것이다.

이 기막히게 아름다운 여인은 어쩌면 거기까지 생각하고 있었을지도 모른다.

담우천은 잠시 생각하다가 불쑥 입을 열었다.

"강 형 말고는 또 없소이까?"

십삼매는 가만히 웃더니 문득 손가락을 꼽아보며 중얼거렸다.

"대충 열 명 정도는 될 것 같은데… 그래도 쓸 만한 사람은 셋 정도네요. 담 대협과 강 대인까지 합쳐서 다섯 명 정도?"

"그 정도면 충분하오."

"하지만 그들의 행방은 저도 잘 몰라요."

십삼매는 아쉬워하는 표정을 지으며 말했다.

"워낙 제멋대로 움직이는 사람들이라서요. 그러니까 그들의 합류는 조금 더 나중에 생각하기로 하고… 우선은 지금 당장 불러 모을 수 있는 이들로 몇 명 찾아볼게요."

"다들 무적가와 싸운다는 걸 인지한 상태여야 하오."

"당연하죠."

십삼매는 차분한 어조로 말했다.

"그들이 지금껏 살아온 이유가 바로 그것 때문인데요."

*　　　*　　　*

다음 날.

담우천이 묵고 있는 객잔 별채에 강만리가 홀로 찾아왔다.

담우천은 반갑게 그를 맞이하여 자리에 앉았다.

강만리의 표정은 그리 밝지 않았다. 그는 한참을 머뭇거리다가 힘들게 입을 열었다.

"죄송합니다만 이번 무적가와의 싸움에서 소제(小弟)가 할 수 있는 일에는 아무래도 한계가 있을 것 같습니다."

그는 자신이 고민했던 부분에 대해서 솔직하게 이야기했다. 이번 일의 전면에 나설 수 없는 제 입장에 대해서도 말했다.

담우천은 가만히 그의 이야기를 들었다.

"담 형의 가슴 아픈 이야기를 듣는 동안 계속 눈물을 참았고, 놈들의 무지막지한 행태에는 내 아내가 당하는 것 같은 분노가 일었으며, 그래서 담 형의 복수에 공감하고 있습니다."

강만리는 망설이지 않고 말을 이어 나갔다.

"하지만 제가 제 목숨을 걸고 담 형의 복수전에 끼어들 이유가 충분하지 않습니다. 물론 제 아내와 담 형의 인연이나 아내가 받은 도움, 그리고 십삼매의 청부도 있었습니다만… 사내가 다른 사람을 위해 목숨을 건다는 건 그만한 이유가 있어야 하지 않겠습니까?"

거기까지 단숨에 말한 강만리는 길게 호흡을 내쉬며 잠시 숨을 골랐다.

담우천은 여전히 무심한 표정으로 그의 이야기를 듣고 있었다.

강만리가 다시 입을 열었다.

"그래서 고민이었습니다. 제가 과연 어디까지 이번 일에 관여해야 하는지, 그 적정선을 모르겠습니다."

강만리가 할 말을 마치고 입을 다물었을 때였다.

담우천은 갑자기 자리에서 일어나 두 손을 모으며 그에게 허리를 숙였다. 강만리는 깜짝 놀라 자리에서 일어나 마주 응대했다.

담우천이 입을 열었다.

"굳이 나를 찾아와서 이런 말을 하지 않아도 되었을 텐데 이렇게 강 형의 모든 고민을 내게 털어놔 주어서 정말 고맙소. 덕분에 나는 진심으로 강 형을 믿을 수 있을 것 같소."

강만리는 휘둥그레 눈을 뜨며 담우천을 바라보았다. 담우천은 다시 말했다.

"나는 그저 일면식도 없는 나를 도와주겠다고 나선 강 형이 고마울 따름이오. 또한 아주 사소한 인연 때문에 제 남편이 사지로 떠나는 걸 허락해 준 예예에게 그저 감사할 뿐이오. 그러니 강 형이 어떤 식으로 행동하든 이미 내게는 그저 고맙고 감사한 일일 뿐이오. 너무 고민하지 마시오. 강 형이 할 수 있는 일만 한다면 그것으로도 내게는 충분하니까."

담우천은 그답지 않게 꽤나 긴 이야기를 하고 있었다. 이번에는 강만리가 묵묵히 그의 이야기에 귀를 기울이고 있었다.

"훗날 필요한 일이 생기면 언제든지 나를 부르시오. 그때 내가 살아 있다면 오늘의 이 빚, 나 역시 잊지 않고 갚을 테니까."

담우천은 강만리를 똑바로 바라보며 다짐하듯 말했다.

"약속하겠소, 내 목숨을 걸고."

그의 눈빛은 진심으로 가득 차 있었고 그의 목소리는 확고한 의지를 담고 있었다.

담우천의 말이 거짓 한 점 없는 진심이라는 걸 알아차린 강만리는 저도 모르게 감탄하고야 말았다.

'도대체 이 사람은…….'

사실 강만리는 은혜를 갚으려 하면서도 그 경중(輕重)을 따지고 있었다. 일(一)의 도움을 받았는데 그걸 삼(三)으로 갚으면 자신이 손해가 아닐까, 하는 쩨쩨한 생각을 하고 있었다.

하지만 담우천은 달랐다. 그는 강만리의 그 쩨쩨한 도움마저도 은혜로, 갚아야 할 빚으로 생각하고 있었다.

그는 은혜의 무게란 경중고하(輕重高下)가 없이 모두 일정하다고 생각하는 것이다. 아무리 사소한 은혜라 하더라도 그걸 갚기 위해서는 제 목숨을 걸어도 상관없다는 게 담우천의 방식인 게다.

강만리는 스스로가 부끄러워졌다. 알량하게 은혜의 무게 따위를 재고 있던 자신의 처신이 못나 보였다.

'이자는 일반 사람들과 다르다. 태극천맹 사람들과도 다르고 황궁의 동창위사들과도 다르다.'

강만리는 지금껏 만나왔던 무림의 사람들을 떠올렸다. 요 오륙 년 동안 꽤 많은 무림인을 만나보았지만 확실히 담우천과 비슷한 자는 아무도 없었다.

'뭐라고 할까, 자기만의 주관이 확고하고 그 주관에 따라서 행동하는 자라고나 할까. 그게 옳든 틀리든 상관없는 거다. 세상 사람들이 모두 오른쪽을 바라볼 때 혼자 왼쪽을

바라볼 수 있는 배짱과 자신감, 그리고 흔들리지 않는 주관을 지니고 있다.'

이자, 진짜 사내였다.

사실 무림인이라고 하기에는 아직도 관가의 나쁜 물이 빠지지 않은 강만리였다. 적당히 뇌물도 받고 불법도 적당히 눈감아주면서 생활하는 게 습관이 되어 있던 그였다.

승진을 위해 뇌물이 오가고, 호적수를 구렁텅이로 밀어내기 위해 협잡질을 하는 이들로 가득 찬 세상을 살아가고 있는 그였고, 또 그게 당연하다는 듯이 이해되는 시대가 아니었던가.

그런 시대에서 이렇게 오직 자신의 주관에 따라 살아가는 담우천의 강직하면서도 굳건한 모습은 저도 모르게 강만리의 가슴을 울컥하게 만들었다.

사람이 사람에게 반한다는 건, 특히 사내가 사내에게 반하는 건 그야말로 한순간에 벌어지는 일이었다. 강만리는 그제야 비로소 다른 사람을 위해 목숨을 거는 이들의 기분을 느낄 수가 있었다.

정유나 석정이 내게 그러했던 것처럼…….

강만리의 뇌리에 문득 그를 충심으로 위하고 따르는 아우들의 얼굴이 떠올랐다.

'그렇구나.'

강만리는 그제야 깨달을 수 있었다. 또 지금껏 놓치고 있던 한 부분을 이해할 수 있었다.

왜 지난 몇 년 간 정유가, 석정이 아무런 이득도 없음에도 불구하고 자신을 따라 그 수많은 위험과 고난을 함께 겪었는지. 그 무엇보다 진하고 값진 〈사나이들의 우정〉이라는 것이 어떻게 시작되는지, 강만리는 그제야 알 것 같았다.

그렇다. 사나이가 다른 사람을 위해 목숨을 거는 데에는 특별한 이유가 없는 법이다. 단지 그럴 마음만 생기면 되는 게다. 그리고 그런 마음은 계산이나 논리가 아닌, 어느 한 순간에 일어나는 법이었다.

그 순간 강만리는 저도 모르게 담우천의 손을 덥석 잡으며 물었다.

"형님이라고 불러도 되겠습니까?"

그리고 그는 담우천이 입을 열기도 전에 먼저 말을 이어 나갔다.

"형님이 그리 말씀하시니 제가 더 부끄럽습니다. 오늘에서야 비로소 제가 얼마나 못난 놈인지 알 것 같습니다."

강만리는 진심을 담아 말했다. 담우천은 의외의 말에 놀란 표정이었다. 그는 강만리에게 잡힌 손을 슬그머니 빼면서 말했다.

"아니, 그렇게 말할 것까지는 없소."

강만리도 그제야 자신이 과한 표현을 했다는 걸 알아차리고는 이내 머쓱한 표정을 지으며 손을 거둬들였다. 하지만 그는 곧 진중한 목소리로 말했다.

"어쨌든 앞으로의 일, 잘 부탁드리겠습니다."

담우천도 고개를 끄덕이며 말했다.

"나 역시 잘 부탁하오."

第四章
운명의 수레바퀴

하기야 사신도 마신도 이제 많이 늙은 것이다. 반년이 넘는 여정을 무리 없이 소화해낼 나이가 아닌 게다.

그 속뜻을 읽은 마신 주유가 씁쓸하다는 표정을 지었다.

어느새 그들의 주군조차 자신들에게 건강 조심하라고 챙겨줄 나이가 된 것이다.

원래 세월은 무상(無常)한 법이었다.

1. 파천대계(破天大計)

"이제 때가 된 것 같아요."

십삼매는 좌중을 둘러보며 입을 열었다.

넓은 대청에는 십여 명의 사람이 모여 있었다. 그들은 황계의 지부주들 중에서도 수뇌급이라 할 수 있는, 각 성의 최고 책임자들이었다.

십삼매를 포함한 이들 열세 명의 사람들이야말로 황계를 좌지우지하는 인물들이라 할 수 있었다.

십삼매는 차분한 어조로 담우천의 일에 대해서 그들에게 설명했다.

사람들은 묵묵히 듣고 있다가 그녀의 이야기가 끝나자 그중 한 명이 손을 들었다.

고성의 황계 지부주인 석남동(石南棟)이라는 자였다.

"혈검수라 담우천이라면 그 실력만큼은 인정할 수 있는 고수입니다. 그라면 충분히 오대가문과 태극천맹을 상대로 싸워나갈 수 있을 겁니다. 하지만 다른 자들이 그와 힘을 합치기에는… 다른 이들의 실력이 아직 부족하지 않을까 심히 우려됩니다."

그의 말이 끝나자마자 이번에는 한 여인이 손을 들었다.

십삼매처럼 아름다우면서도 더욱 육감적인 여인은 서안의 황계를 책임지고 있는 연칠매(燕七妹)라고 했다.

"게다가 저 같은 경우는 더 난감해요. 제가 맡고 있는 장예추는 그 행방이 묘연한 상태에요. 물론 최선을 다해서 찾고 있는 중이지만……."

또 다른 자가 손을 들었다. 새하얀 백염이 인상적인, 중후한 인상의 노인이었다. 그는 복건 일대의 책임자로, 사람들에게 이노야(二老爺)라 불렸다.

"소공자(少公子)의 능력이야 다들 잘 알고 계실 것이오. 또한 천방지축, 어디로 튈지 모르는 성격도 잘 알 것이오. 그런 소공자를 우리 뜻대로, 우리가 계획한 대로 움직이게 하는 건 무리라고 생각하오. 게다가 아직 철목가에 대한 계획도 진행되지 않은 상태가 아니오?"

소공자에 대한 이야기가 나오자 일순 사람들이 웅성거리기 시작했다.

그들의 얼굴에는 난감하고 곤혹스러운 표정이 역력했다. 한숨을 쉬는 자도, 고개를 설레설레 흔드는 이들도 있었다. 십삼매가 손을 들어 좌중을 제지할 때까지 그 어수선한 분위기는 사라지지 않았다.

다시 좌중이 조용해지자 이번에는 젊은 사내가 손을 들고 입을 열었다.

"십삼매께서 이런 모든 사정을 모를 리가 없을 겁니다. 그럼에도 불구하고 이야기를 꺼낸 건 확실한 복안(腹案)이 있어서 그럴 것입니다."

그의 말에 사람들의 시선이 일제히 십삼매에게로 향했다. 그녀는 살짝 미소를 지으며 말했다.

"복안이라고 할 것까지는 없어요. 단지 상황이 그렇게 되었을 뿐이에요."

그녀의 말에 사람들은 다시 귀를 기울였다. 십삼매는 차를 한 모금 마신 뒤 입을 열었다.

"무엇보다 저들이 우리를 경계하기 시작했다는 거예요. 작년까지만 하더라도 그들은 각자의 가문에서 일어난 사고나 사건들을 그저 단순하게 생각했더랬죠. 그래서 자신의 가문에서 일어난 사건들을 각자 개인적으로 해결하려고 했다가 크게 당한 건데… 지금은 그 연계성을 깨닫고 서로 손을 잡기로 했거든요."

사람들은 심각한 표정들이었다.

확실히 오대가문이었다. 그들이 눈치채지 못하도록 조심했고 그만큼 세심하게 일을 진행시켰음에도 불구하고 아직 철목가에 대한 공작을 펼치기도 전에 발각이 난 것이다.

"하지만 아직 다행인 것은 그들의 연계가 아직 완벽하지 않다는 점이에요. 오대가문은 여전히 서로를 경계하고 의심하며 거리를 두려 하고 있어요."

십삼매는 마치 앉아서 천 리를 보는 것처럼 오대가문의 세세한 속사정까지 알고 있었다.

"그건 무엇보다 건곤가의 야심 때문에 발생하는 일이겠죠. 그들이 경천회에 대한 존재를 숨기는 한 다른 가문들은 계속해서 의구심을 떨쳐내지 못할 테니까요."

넓은 대청에는 오직 그녀의 아름다운 목소리만이 또랑또랑하게 울려 퍼지고 있었다.

"거기에 또 기묘하게도 철목가에 대한 계획이 아직 실현되지 않았기 때문에 다른 사대가문들이 철목가를 수상하게 생각하고 있어요. 그러니 이렇게 저들의 연계가 느슨하고 불안정할 때가 기회라고 생각해요. 여기서 조금 더 시간을

끌게 된다면… 그래서 오대가문의 연계가 완벽하게 이뤄진
다면… 그때는 이미 때가 늦게 될 겁니다."

그녀의 말이 끝났다.

하지만 사람들은 아무런 말을 하지 않은 채 심각하게 고
민했다.

사실 이번 계획은 거의 이십 년 세월에 가까운 대계(大
計)였다. 성급하게 결정했다가 한 번 무너지게 되면 이십
년의 세월이, 그리고 그동안 쌓아 왔던 모든 것이 순식간
에 사라지게 되는 것이다.

더불어 두 번 다시 재기할 수 없을 정도의 손실을 입게
되는 거였다. 그러니 최대한 신중하게 생각해야 했다. 이번
결정이 그들의 모든 것을 좌우하는 최후의 결정이 되는 것
이므로.

그러한 사실을 잘 알고 있기에 십삼매도 그들의 결심을
재촉하지 않았다. 그녀는 차를 마시면서 사람들이 생각할
시간을 주었다.

시간은 느릿하게 흘렀다.

적막이 사위를 휘감은 가운데 대청은 점점 어두워졌다.
누군가 일어나 등불을 밝혔다.

석남동이 입을 연 것은 그로부터 약 일각이 더 지난 후의
일이었다.

"나는 십삼매의 결정에 따르겠습니다."

"저도 따르겠어요."

연칠매도 고개를 끄덕이며 동의를 표시했다. 그 뒤를 이어 계속해서 사람들이 동의하는 결정을 내렸다. 그리고 마지막으로 이노야가 입을 열었다.

"확실히 그렇구려. 지금이 최적의 기회는 아닐지라도 최선의 기회인 건만은 틀림없는 것 같소이다. 어쩔 수 없겠지. 완벽한 기회라는 건 있을 수가 없을 테니까. 노부(老父) 또한 십삼매의 고견을 쫓겠소이다."

만장일치로 이번 안건이 통과되는 순간이었다.

"그렇다면 몇 가지 급하게 처리해야 할 일들이 있어요."

십삼매는 차분한 어조로 말했다.

"먼저 장예추의 행방을 찾고 이제 설벽린(雪壁麟)과 화군악(華君岳)을 합류시키세요."

연칠매와 젊은 사내가 알겠다고 대답했다. 십삼매의 말이 다시 이어졌다.

"또한 소공자를 잘 추슬러서 계획대로 움직이게 하시구요. 더불어 다른 후보자들 역시 모아 주셔야 합니다."

사람들은 일제히 고개를 끄덕였다.

그때 조금 전 손을 들었던 노인 이노야가 다시 손을 들더니 입을 열었다.

"철목가에 대한 계획은 계속 진행할 생각이시오?"

"아니요."

십삼매는 고개를 저었다.

"더 이상의 각개격파는 무리에요. 게다가 지금처럼 철목가가 의심을 받는 상황도 나쁘지 않고… 또 철목가와는 나름대로 인연이 있으니까 우선은 그대로 놔둘 생각이에요."

"알겠소이다."

노인은 고개를 끄덕이며 수긍했고 십삼매의 말은 계속해서 이어졌다.

"그리고 혈천노군을 비롯한 여러 어르신에게 곧바로 연락을 보내세요. 번천지복(翻天地覆)의 파천대계(破天大計)가 시작되었다구요."

"알겠습니다."

사람들은 속삭이듯이 조그만 소리로 대답했다.

하지만 그 조그마한 소리는 곧 뜨겁고 강렬하게 그들의 가슴 속에서 울려 퍼졌다. 그들의 심장이 격렬하게 뛰었다.

그랬다. 이제 시작이었다.

거부할 수 없는 운명의 거대한 수레바퀴가 드디어 움직이기 시작한 것이다.

2. 세월무상

정무련의 일을 마친 제갈보국은 곧장 천자산으로 향했다. 천자산의 무적가는 여전히 고고한 위용을 자랑하고 있었다.

오월 초, 햇살이 점점 뜨거워지기 시작했다.

무적가로 돌아온 제갈보국이 제일 먼저 아들, 제갈원의 거처를 찾아갔다. 제갈원은 와상(臥床)에 반쯤 드러누운 채 멍한 눈빛으로 창밖을 지켜보고 있었다.

"뭐하고 있었느냐?"

제갈보국이 문을 열고 들어섰지만 아들은 알은척도 하지 않았다.

물론 대답조차 없었다.

넋이 나간 듯한, 혹은 세상만사에 관심이 없다는 듯한 눈빛과 표정. 중상에서 회복한 이후, 정확하게 말하자면 자하가 죽은 사실을 알게 된 이후 제갈원은 항상 이렇게 텅 빈 눈빛을 하고 있었다.

육체적으로는 이미 완쾌된 상태였지만 정신적으로는 죽은 것과 다름없었다.

대답 없는 아들에게 몇 차례 말을 걸어보던 제갈보국은 결국 한숨을 길게 내쉬며 문을 닫았다. 그리고 제갈원의 시녀들에게 다시 한 번 당부했다.

"잘 보살펴야 한다. 특히 이상한 짓은 절대 하지 못하도록 한시도 눈을 떼지 않고 지켜봐야 한다. 알겠느냐?"

시녀들은 고개를 조아리며 대답했다.

"명심하고 있습니다."

정신 상태가 저러하니 언제 자해를 할지 또 자살을 하려 할지 아무도 몰랐다. 그래서 제갈보국은 상당한 무공을 익힌 시녀들 여섯 명을 두 조로 나눠 밤낮으로 제갈원을 지키도록 했다.

제갈보국은 고개를 설레설레 흔들며 다시 제 집무실로 향했다.

의자에 앉자마자 격한 피로감이 몰려왔다. 동시에 그는 심하게 기침을 하기 시작했다. 피까지 흘러나올 정도로 격렬한 기침이었다. 안색은 창백해졌고 온몸이 사시나무 떨리듯 떨고 있었다. 지병이 도진 것이다.

그는 부들부들 떨리는 손길로 서둘러 품에서 약병을 꺼내 열고는 검은색 환단을 입에 털어 넣었다. 잠시 후 그의 혈색이 어느 정도 돌아왔다. 다행이 기침도 멎었다.

'무리했군.'

이번 여정이 꽤 길었던 탓에 몸에 무리가 생긴 것이다.

원래 고수일수록 병치레를 하지 않는 법이다. 소위 말하는 기가 세기 때문에 어지간한 병은 아예 접근조차 하지 못한다. 굳이 내공으로 운기조식까지 할 필요가 없다.

그러나 제갈보국의 몸은 지금 정상이 아니었다. 무적가의 약당과 사천당가의 도움을 받아 제조한 약으로 버티고 있는 실정이었다.

하지만 이제는 약도 제대로 듣지 않았다. 가뜩이나 몸이 좋지 않은 상태에서 억지로 약의 힘을 빌려 움직여 왔던 지난 이 년이었다.

이제 그의 몸에 한계가 오고 있었다.

'바보 같은 녀석.'

제갈보국은 손가락으로 미간을 짚으며 중얼거렸다.

애비가 언제 죽을지 모르는 상황에서 하나뿐인 아들 녀석이 저 모양인 게다.

명색이 무적가의 소가주가 아닌가. 한낱 계집의 죽음에 마음에 상처를 입고 반 폐인이 되어버리다니. 겨우 그 정도밖에 되지 않았더냐.

제갈보국은 길게 한숨을 내쉬었다. 녀석을 일으킬 만한 무언가가 필요했다.

새로운 계집을 데리고 오는 건 벌써 몇 번이나 실패한 방법이었다. 제갈원에게는 오직 자하뿐이었다. 다른 여인은 그의 눈에 들어오지도 않았다.

'계집도 아닌 것이 일편단심이라니.'

제갈보국은 다시 한 번 한숨을 쉬다가 입을 열었다.

"게 누구 없느냐?"

문 밖에서 목소리가 들렸다.

"여기 있습니다. 말씀하십시오."

"삼신은 어디 계시느냐?"

"투신은 여느 때처럼 싸울 상대를 찾아 강호를 떠돌고 있습니다. 마신과 사신은 문내(門內)에 머물고 있습니다."

"그들을 모셔와라."

"알겠습니다."

대답과 함께 기척이 사라졌다.

제갈보국은 눈을 감았다. 골치가 지끈거리고 목에 가래가 끼는 느낌이었다.

"오셨습니다."

문 밖의 소리에 제갈보국은 눈을 떴다. 그새 깜빡 졸았다. 언제 잠들었는지 모르게 잠든 것이다.

"들어오시라 하게."

제갈보국은 입을 열었다. 가래 낀 목소리가 흘러나왔다.

문이 열리고 난쟁이 노인, 마신 주유와 여전히 검은 장포를 걸친 키 큰 노인 사신 오곤이 들어섰다. 그들은 가주를 향해 공손하게 인사했다. 제갈보국도 정중하게 그들을 맞이했다.

"앉으시지요."

마신 주유와 사신 오곤이 자리에 앉기를 기다려 제갈보국이 말을 이었다.

"죄송하지만 부탁이 있소이다."

사신 오곤이 가볍게 눈살을 찌푸리며 말했다.

"가주께서 그리 말씀하시면 어쩌시오? 가신(家臣)에게 죄송하다니요, 게다가 부탁은 또 뭡니까? 명령을 내리십시오."

"그럽시다."

제갈보국은 가볍게 미소 지으며 물었다.

"혹시 산동 천궁팔부의 열혈태세라고 아시오?"

마신 주유가 잠시 기억을 더듬다가 말했다.

"그 성질 급한 놈이 아직도 살아 있답니까?"

"그렇다는구려."

"한데 무슨 일로……."

"그자의 딸이 담우천에게 죽은 것 같소이다."

"호오, 언제?"

사신 오곤과 마신 주유가 흥미를 보였다. 제갈보국은 정무련에서 가지고 온 소식을 그들에게 전해 주었다. 그리고 이렇게 말을 맺었다.

"그러니 두 분께서 조금 힘이 드시더라도 산동에 가서 열혈태세를 만나보시고 또 변방 유주의 그 유랑객잔을 찾아가 주셨으면 합니다."

마신 주유가 팔짱을 끼며 고개를 끄덕였다.

"그러니까 담우천이라는 애송이의 행적을 찾으라, 이 말씀이시군요."

"걱정 마십시오, 가주."

사신 오곤이 피식 웃으며 말했다.

"그 유랑객잔의 뚱보 주인이라는 자를 고문해서라도 알아내오겠소이다."

"부탁드리겠소이다."

"허어, 가주!"

"아, 또 잘못 말했구려. 허허허허."

겸연쩍게 웃던 제갈보국은 문득 궁금하다는 듯이 물었다.

"그런데 투신은 또 어딜 갔답니까?"

사신 오곤이 눈살을 찌푸리며 대답했다.

"광동의 불산(佛山)에 꽤나 강한 꼬마가 출몰했다고 해서 말이외다. 열예닐곱 살밖에 되지 않았는데 광동칠괴(廣東七怪)와 홀로 싸워 단 일 초 만에 그들을 모두 죽였다는 소문을 듣고는 부리나케 그곳으로 달려갔소이다."

"광동칠괴를 일 초 만에요?"

제갈보국의 눈이 휘둥그레졌다.

광동칠괴는 광동 일대에서 나름대로 유명한 고수들이었다. 굳이 따지자면 산동의 패자로 불리는 열혈태세처럼 지난 수십 년간 광동 지역의 최고수로 자타가 공인하던 인물들이었다.

그런데 불과 열예닐곱 살밖에 되지 않은 꼬마가 단 일 초에 그들 일곱 명을 죽였다니, 확실히 강한 자와 싸우기 좋아하는 투신 전앙이 들었다면 엉덩이가 가만있지 않을 소문이었다.

"헛소문일 겁니다. 광동칠괴를 일 초에 죽일 꼬마라면 아무리 투신이라도 당해내지 못할 텐데… 세상에 그런 실력을 지닌 꼬마가 어디 있겠소이까?"

사신 오곤은 어이가 없다는 투로 말했다. 제갈보국은 고개를 끄덕이며 동감을 표시했다.

하지만 세상에는 일반적인 상식으로는 도저히 믿을 수 없는 일이 종종 일어나기도 하는 법이다. 천하의 무적가 소가주가 일개 시녀의 죽음 때문에 반 폐인이 되었다는 것도 그러한 예라고 할 수 있지 않겠는가.

어쨌든 제갈보국은 다시 입을 열었다.

"그럼 가는 길에 불산에 들려 투신과 합류할 수 있겠소이까?"

안 될 리가 없었다. 하지만 그렇게 하면 한 달가량 돌아가야 하는 길이 되어버린다. 담우천의 뒤를 쫓는 일은 더욱 지난해질 수밖에 없었다.

잠시 생각하던 마신 주유가 입을 열었다.

"이렇게 하면 어떻겠습니까, 속하가 투신을 찾으러 불산으로 가고 사신은 산동으로 해서 변방 유주로 향하는 것이? 속하가 투신을 찾아 곧장 유주로 달려가면 얼추 비슷한 시기에 그곳에서 조우할 수 있을 겁니다."

마신 주유의 제안은 제갈보국이 지시한 것보다 보름 정도는 단축할 수 있었다. 제갈보국은 괜찮은 생각이라며 고개를 끄덕였다.

"좋소. 그렇게 하시오."

"오늘은 늦었으니 내일 날이 밝는 대로 바로 출발하겠습니다."

마신 주유가 말에 제갈보국이 당부했다.

"족히 반년은 넘게 걸릴 여정이오. 조심들 하시기 바라오."

제갈보국의 말에는 진심으로 그들을 걱정하는 염려가 담겨 있었다.

하기야 사신도 마신도 이제 많이 늙은 것이다. 반년이 넘는 여정을 무리 없이 소화해낼 나이가 아닌 게다.

그 속뜻을 읽은 마신 주유가 씁쓸하다는 표정을 지었다.

어느새 그들의 주군조차 자신들에게 건강 조심하라고 챙겨줄 나이가 된 것이다.

원래 세월은 무상(無常)한 법이었다.

3. 각개격파

"각개격파를 해야 할 것 같습니다."

강만리가 말했다.

"무적가의 모든 고수가 한데 모인 상황에서 전면전을 치르기에는 우리의 전력이 너무나도 부족합니다. 무엇보다 우리 측에는 그 초절정고수들을 상대할 만한 고수가 별로 없으니까요."

담우천은 고개를 끄덕였다. 하지만 곧 난감하다는 듯이 입을 열었다.

"각개격파를 하기 위해서는 놈들을 따로 분산시켜야 한다는 건데… 어떻게 그들을 분산시킬 작정이오?"

강만리는 머쓱한 표정을 지으며 엉덩이를 긁적거렸다.

"그건 지금부터 생각해 볼…….."

"아뇨, 따로 생각할 필요도 없어요."

십삼매가 갑자기 입을 열었다.

방 안에 모여 있던 이들의 시선이 일제히 그녀에게로 향했다. 평소 그녀를 싫어하는 예예도 마찬가지였다.

십삼매는 사람들의 이목이 집중된 가운데 부드러운 목소리로 말을 이어 나갔다.

"하늘이 우리를 돕는 것 같네요. 마침 저들이 스스로 전력을 분산시키고 있으니 말이에요."

"그건 무슨 소리지?"

강만리가 무뚝뚝한 어조로 물었다.

"정보통에 의하면 삼신이 무적가를 떠나 이동 중이라는 군요."

"어디로?"

"사신 오곤은 산동으로 향했답니다. 아마도 천궁팔부의 열혈태세를 만나서 담 대협의 행적을 물으려는 거겠죠. 그러니 산동에 들렀다가 변경 유주로 갈 확률이 큽니다."

"흠."

담우천이 무슨 생각을 했는지 팔짱을 끼며 낮은 신음성을 흘렸다. 십삼매가 그를 돌아보았다. 담우천은 고개를 저으며 말했다.

"아무것도 아니오."

십삼매는 그를 보면서 다시 입을 열었다.

"그리고 투신 전앙은 지금 광동성의 불산에 있어요. 그리고 마신 주유가 그를 찾으러 무적가를 출발했구요."

일순 담우천의 눈빛이 예리하게 빛났다. 십삼매는 그럴 줄 알았다는 듯이 빙긋 웃으며 물었다.

"가보실 거죠?"

"물론이오."

담우천은 짧게 대꾸했다.

"두 사람을 상대할 수 있겠어요?"

"싸워봐야겠지."

"아니, 그곳에 가면 조력자가 나타날 거예요."

십삼매는 걱정 말라는 듯이 말했다.

"담 대협은 그저 마신 주유만 잡아주면 돼요."

"애당초 그걸 하기 위해서 불산으로 가려는 것이오."

담우천은 당연하다는 표정을 지었다. 눈치를 보던 강만리가 엉덩이를 긁적거리면서 말했다.

"그럼 유주 쪽에는 누가……."

"거긴 가만 놔둬도 될 것 같소."

담우천의 말에 강만리의 눈이 휘둥그레졌다.

"왜죠?"

담우천은 역시 짧게 말했다.

"그들을 상대할 사람이 거기 있으니까."

"에에?"

강만리는 영문을 모르겠다는 표정을 지었다. 여태 단 한 마디 하지 않던 예예가 문득 무슨 생각을 했는지 눈을 크게 뜨며 말했다.

"그 뚱보 아저씨?"

담우천은 가타부타 대답하지 않았다. 대신 그는 십삼매를 향해 물었다.

"투신의 행적은 정확하게 알고 있소?"

"물론이죠."

십삼매는 당연하다는 듯이 말했다.

"그게 우리의 장기 중 하나이니까요."

"좋소."

담우천은 당장에라도 불산을 향해 떠날 것처럼 말했다. 멍 하니 있던 강만리가 황급히 입을 열었다.

"아니, 잠깐만요. 아직 나눠야 할 이야기들이 많이 남아 있습니다."

담우천은 길게 한숨을 내쉬었다. 그리고는 다시 차분한 표정을 지으며 말했다.

"그럼 이야기해 보시오."

강만리는 그를 똑바로 바라보며 말했다.

"내가 세운 계획은 무엇보다 담 형님께서 가장 먼저 허락해 주셔야 실행에 옮길 수 있습니다."

담우천의 표정이 딱딱해졌다.

*   *   *

"어떻게 된 거예요?"

예예는 십삼매와 담우천과 헤어진 후 장원으로 되돌아오는 길에 그렇게 물었다.

"뭐가?"

강만리는 심드렁하게 되물었다.

"어떻게 마음을 바꾼 건데요? 내가 그렇게 담 아저씨를 돕자고 설득했어도 먹히지 않았잖아요."

그녀는 갑자기 눈에 쌍심지를 돋웠다.

"설마 십삼매 언니 때문이에요?"

"그건 또 무슨 소리야?"

강만리는 이맛살을 모으며 말했다.

"자꾸만 그녀와 나를 얽어매려 하면 진짜로 화낼 거다."

예예는 그의 눈치를 살피더니 이내 빙긋 웃으며 그의 팔짱을 꼈다. 그녀는 애교를 부리듯 혹은 어리광을 피우듯 강만리에게 매달리며 말했다.

"그럼 도대체 왜 마음을 바꾼 건데요?"

"내가 사내니까."

"네에? 그건 또 무슨 소리에요?"

"원래 사내란 말이지."

강만리가 무뚝뚝하게 말했다.

"가끔씩 특별한 이유 없이 다른 사람을 위해 싸울 때가 있거든. 지금처럼 말이야."

예예는 도저히 이해가 가지 않는다는 얼굴로 그를 쳐다보았다. 그러거나 말거나 강만리는 거만하게 배를 내민 채로 걷고 있었다.

예예는 그 뒷모습을 보다가 다시 쪼르르 달려가 그의 팔을 부여잡으며 종알거렸다.

"그러나저러나 담 아저씨가 당신의 계획을 승낙해 줄 줄은 전혀 몰랐어요."

"왜?"

"그렇잖아요, 아무래도."

"그럴 게 어디 있나?"

강만리는 당연하다는 듯이 말했다.

"복수를 위한 계획이야. 뭐든 이용할 수 있는 건 다 이용해야지. 담 형님이 수락할 줄 알고 세운 계획이니까."

"당신……."

예예는 강만리의 얼굴을 쳐다보며 말했다.

"의외로 독한 구석도 있네요."

강만리는 걸음을 멈췄다. 그리고는 예예를 똑바로 바라
보며 말했다.

"독하지 않고서 어찌 사내대장부라 할 수 있나?"

第五章

경계에서… 도대체 뭘 만들어낸 건가……

그녀가 죽은 이후 왜 함께 지냈던 좋은 추억들은 떠오르지 않고 미안했던 기억들만 생각날까……

이렇게 혼자 있을 때면 가끔씩 그녀의 기억이 떠올랐다. 즐거웠던 것보다는 안타깝고 미안했던 기억들. 좀 더 잘해 주었으면, 좀 더 신경 써 줬을 걸 하는 후회가 드는 기억들이 대부분이었다.

정말 이상한 일이다. 왜 함께 있어서 행복하고 기뻤던 추억들은 떠오르지 않을까.

1. 꿩 대신 닭인가?

오월 중순의 햇살은 뜨거웠고 확실히 남방(南方) 끝자락 답게 숨이 턱 막힐 정도로 무더운 날씨였다.

"역시… 이곳도 아닌가?"

아침부터 주루에 나와 지금껏 앉아 있던 투신 전앙은 가볍게 눈살을 찌푸리며 중얼거렸다. 그의 눈은 퀭했고, 눈 아래는 검은 기미가 끼어 있었다.

탁자 위에는 한 병의 술과 간단한 야채 요리가 있었다. 그러나 전앙의 젓가락은 깨끗했고 술잔도 비어 있었다.

늦은 오후라 그런지 주루에는 그리 손님들이 많지 않았

다. 점소이들도 대청 뒤쪽에 모여서 한가롭게 잡담을 나누고 있었는데, 그들은 가끔씩 투신 전앙을 힐끗거렸다.

"은자 천 냥을 걸었다면서?"

"광동칠괴를 죽인 소년을 찾거나 그의 행방을 알려 주는 사람에게 말이지?"

"소년이 직접 자기를 찾아오면 무려 은자 이천 냥을 준다고 했다잖아."

그들은 투신 전앙을 힐끗거리면서 소곤댔다.

"광동칠괴와 무슨 원한이라도 졌나 보지? 그러니까 그들을 죽인 소년에게 은자 이천 냥을 주겠다고 하는 것 아니겠어?"

"뭐, 무슨 사정인지는 모르겠지만 이건 엄연한 영업 방해라니까. 보름이나 저렇게 죽치고 앉아 있는 동안 삼백 명이 넘는 사람과 그보다 세 배는 많은 꼬마들이 그를 찾아왔잖아."

하지만 그들은 외려 저 괴팍해 보이는 노인에게 한 대씩 얻어맞고 쫓겨나야 했다. 그들은 노인이 묻는 질문에 제대로 된 대답을 하지 못했던 것이다.

"도대체 뭘 바라고 저러는지 모르겠어. 아무것도 사먹지 않는 사람들만 괜히 북적거리고 그 바람에 장사는 더더욱 안 되고."

지배인처럼 보이는 자가 한숨을 쉬며 투덜거렸다.

확실히 아무리 늦은 오후라고 해도 손님이 너무 없었다. 거리에는 객잔 안쪽을 힐끗거리는 사람들이 꽤나 많았지만 누구 하나 안으로 들어오지 않았다.

그들은 점소이들처럼 삼삼오오 모인 채 웅성거리고 있었다. 그러니 어떤 손님들이 일부러 그들 사이를 헤집고 이 안으로 들어서겠는가.

하지만 그런 사람이 없는 건 또 아니었다. 지금, 주루의 입구 쪽을 가로막은 사람들을 헤치며 한 명의 소년이 안으로 들어선 것이었다.

사람들이 웅성거리며 소년을 보다가 이내 실망한 표정들을 지었다.

"뭐야, 난쟁이였잖아?"

"그것도 노인네였네."

사람들의 투덜거림을 뒤로 하고 난쟁이 노인은 주루 안으로 들어섰다.

난쟁이 노인, 마신 주유는 구석진 자리에 앉아 있는 노인을 보고 한숨을 쉬고는 그곳으로 걸어갔다.

"정말 엉뚱하다니까. 뭐 덕분에, 자네 있는 곳을 찾는 게 쉽기는 했네."

마신 주유는 걸상 위로 올라가 앉으며 말했다. 투신 전앙은 당연하다는 듯 고개를 끄덕이며 말했다.

"날 찾기 편하라고 한 일이니까. 하지만 자네가 찾아올 줄은 미처 몰랐군."

투신 전앙은 지금껏 불산은 물론 광주 일대를 돌아다니면서 '지금 어느 객잔에 머물고 있으니 광동칠괴를 죽인 소년을 알거나 그 행적을 아는 자가 있으면 찾아오라, 은자를 주겠다. 물론 소년이 직접 와도 상관없다' 라는 소문을 퍼뜨렸다. 그게 벌써 두 달 가까이나 지났다.

"그래, 성과는 있었나?"

"성과는 무슨."

마신 주유의 말에 전앙은 고개를 저었다.

"다 돈을 노리고 찾아와 거짓말을 하더군. 내가 질문을 던졌을 때 똑바로 대답하는 자가 단 한 명도 없었다니까."

마신 주유는 궁금하다는 듯한 표정을 지으며 물었다.

"뭘 물어보았는데?"

"딱 하나만 물어보았네. 그 소년이 어떻게 생겼느냐고 말이지. 하지만 누구 하나 제대로 대답하는 사람이 없었네."

마신 주유는 고개를 갸웃거렸다.

"제대로 대답하는지 아닌지 자네가 어찌 아나? 자네가 직접 만나본 것도 아니고."

일순 투신 전앙의 얼굴이 일그러졌다. 그걸 본 마신 주유의 눈이 휘둥그레졌다.

"만나봤군그래."

전앙은 아무 말도 하지 않았다. 주유가 서둘러 물었다.

"만나서 어떻게 되었나? 벌써 한바탕 싸운 겐가?"

전앙은 길게 한숨을 내쉬었다. 그러더니 갑자기 술병을 들어 꿀꺽꿀꺽 마시기 시작했다. 주유는 그런 전앙의 모습을 처음 보는 까닭에 멍한 표정을 지었다.

순식간에 반 병의 술을 비운 전앙은 술병을 내려놓고 입을 닦았다. 그의 눈가에 짙은 살기가 번들거렸다.

일순 주유의 뇌리에 언뜻 불길한. 도저히 믿을 수 없는 상상이 떠올랐다.

"설마……."

그는 전앙의 눈치를 살피며 입을 열었다.

"패배한 겐가, 그 소년에게?"

"싸워서 패배했다면……."

전앙이 한숨을 쉬듯 말했다.

"내가 이토록 분노하고 좌절하지 않았을 것이네."

"그게 무슨 뜻……."

"도망쳤네."

전앙은 부끄러워 미치겠다는 표정을 지으며 말했다.

"소년과 우연히 마주친 순간, 나는 나도 모르게 고개를 숙이고 서둘러 그의 곁을 지나쳤다네."

마신 주유의 입이 떡 벌어졌다.

도대체 이 말을 어떻게 믿으라는 것인가.

다른 사람도 아닌, 오로지 강한 자와 싸우기 위해 살아가는 투신 전앙이, 목표로 삼았던 소년과 마주쳤음에도 불구하고 그 기세에 눌려 저도 모르게 고개를 숙인 채 허겁지겁 도망쳤다니.

전앙은 한숨을 쉬며 말했다.

"그날 이후 나는 단 한숨도 잘 수 없었네. 부끄러워서 분하고 억울해서, 내가 그 정도밖에 되지 않는다는 자책감과 모멸감으로 인해서 잠을 이루지 못했네."

그럴 것이다.

강자와 싸우는 것을 유일한 목표로 평생을 살아온 그에게 있어서, 누군가를 보고 겁에 질려 피했다는 것은 그동안 쌓아왔던 자신의 모든 것이 한순간에 무너지는 일과 같았을 테니까.

그럼에도 불구하고 이렇게 제정신을 차리고 있는 건 외려 투신 전앙이 누구보다도 강인한 정신력을 지니고 있음을 역설적으로 말해 주는 일이었다.

"사흘 동안 끙끙 앓다시피 했네. 그리고 다시 일어났지. 이번에는 절대로 물러서거나 피할 생각이 없었네. 하지만

문제는 그 아이를 만날 수가 없다는 거였지. 그래서 이런 꾀를 낸 건데…….'

찾아오는 이들은 하나같이 거짓말을 하고 있었다. 자신이 그 소년이라고 찾아오는 아이들 또한 은자를 노린 애송이들에 불과했다.

마신 주유는 전앙의 이야기를 듣다가 저도 모르게 한숨을 내쉬며 물었다.

"그 소년이… 그리도 강해 보였나?"

순간 전앙의 안색이 급변했다.

동시에 온몸이 부르르 떨리도록 진저리를 쳤다. 술병을 쥐고 있던 손까지 부들부들 떨렸다.

주유는 생전 처음 보는 전앙의 모습에 말을 제대로 이을 수가 없었다.

도대체 어떤 꼬마이기에.

"녀석을……."

전앙이 입술을 깨물며 억지로 말했다.

"만나보면 알 것이네."

주유는 잠시 생각하다가 입을 열었다.

"그건 나중에 생각해 보고… 지금은 이곳을 떠나야 하네."

전앙은 인상을 찌푸렸다.

"왜?"

"가주의 명령이네."

"이런."

"변방 유주로 가야 하네. 오곤이 먼저 가 있을 게야."

"빠지면… 안 되겠나?"

전앙의 말에 주유가 다시 말했다.

"가주의 명령이네."

전앙의 어깨가 축 늘어졌다. 의기소침한 얼굴이었다. 하지만 그 한편으로는 안도의 빛도 스며들고 있었다. 그것은 더 이상 그 소년을 기다리지 않아도 된다는, 다시 소년과 만나지 않아도 된다는 안도감이었다.

"어쩔 수 없지."

전앙은 쉽게 체념했다.

"가주의 명령이라니, 유주로 갈 수밖에."

그때였다.

여전히 주루 입구를 막고 있는 사람들 사이를 비집고 한 사내가 안으로 들어섰다.

무심결에 그곳으로 시선을 돌린 전앙의 눈빛이 급변했다.

"호오."

그의 눈가에 또다시 전의(戰意)가 감돌기 시작했다.

"꿩 대신 닭인가?"

2. 이상한 일이지

황계의 도움이 아니더라도 확실히 투신 전앙을 찾는 건
쉬웠다. 게다가 하늘이 돕는 건지 투신 전앙의 곁에는 마신
주유가 있었다.

담우천은 곧장 그 두 늙은이에게로 향해 걸었다.

입구로부터 등을 돌리고 앉아 있던 마신 주유가 전앙의
눈빛을 보고는 고개를 돌렸다. 중년의 사내가 자신들을 향
해 걸어오는 광경에 고개를 갸웃거리던 그는 뒤늦게야 그
사내가 누구인지 알아차렸다.

"담우천?"

담우천은 그들의 곁에 다가서며 말했다.

"오랜만이다, 두 늙은이."

마신 주유가 인상을 찌푸렸다.

"오래간만에 만났는데 더 고약해졌구나. 이제는 아예 반
말까지 하다니."

"존대할 이유가 없으니까."

담우천의 눈가에 희미한 살기가 스며들었다. 마신 주유
는 '왜?' 하는 눈빛으로 그를 쳐다보다가 이내 피식 웃으며

고개를 끄덕였다.

"그렇군. 그러고 보니 네놈의 여편네를 죽인 게 나였구나."

그는 이미 까마득하게 잊고 있었다는 듯이 말했다. 그게 더 담우천을 분노하게 만들었다.

하지만 담우천은 평정심을 잃지 않았다. 그는 마신 주유를 향해 차분하게 물었다.

"예서 싸울까? 밖으로 나갈까?"

"나는 안 보이나?"

투신 전앙이 끼어들었다. 담우천은 그를 살짝 훑어보며 말했다.

"이 대 일로 싸울 생각인가?"

"허어."

투신 전앙은 어이가 없다는 듯이 헛웃음을 흘렸다. 그 순간, 담우천이 입을 열었다.

"사실 나는 이 대 일로 싸워도 상관없는데 굳이 당신과 싸우고 싶다는 친구가 있어서 말이지."

투신 전앙의 눈이 커졌다.

"누구지, 그렇게 간 큰 자가?"

"당신이 애타게 찾고 있지 않았나? 그와 한 번 싸워보기 위해서."

일순 전앙의 얼굴이 딱딱하게 굳어졌다. 마신 주유 또한 마찬가지였다. 담우천은 그런 두 노인의 얼굴을 번갈아 바라보며 말했다.

"예서 동쪽으로 오십 리 떨어진 곳에 사당 하나가 있지. 오늘 밤 자시 정각, 거기서 만나자구. 투신, 당신이 찾던 친구도 그곳으로 오고 있는 중이니까."

전앙의 손이 부들부들 떨렸다.

담우천이 비웃듯 말했다.

"뭐, 오지 않아도 괜찮네. 대신 투신이라는 별명은 두 번 다시 사용하지 말라구."

그렇게 말한 담우천은 미련 없이 몸을 돌려 밖으로 걸어 나갔다.

"이 애송이가!"

마신 주유가 그의 등을 향해 손을 뻗었다. 음유한 기운이 그의 손끝에서 뻗어 나왔다. 무투광자를 단 일격에 죽인 바로 그 경력(勁力)이었다.

순간 담우천이 어깨를 비틀었다. 마신 주유가 본 건 분명 그랬다. 그가 어깨를 비트는 것만 보았는데 어느새 날카로운 무언가가 주유의 목젖을 찔러오고 있었다.

'양패구상(兩敗俱傷)?'

주유의 안색이 급변했다.

이대로 계속해서 경력을 발출한다면 놈의 심장에 일격을 가할 수 있었다. 하지만 그 대가로 자신의 목젖에 무언가가 박히는 걸 각오해야 했다.

그럴 수는 없었다. 이런 애송이와 목숨을 맞바꾸다니, 그 정도로 격이 낮은 그의 목숨이 아니었다.

주유는 황급히 손을 거둬들이는 동시 그 자리에 납작 엎드렸다. 그의 머리카락 몇 개가 그 날카로운 무언가에 잘려 나갔다.

주유의 이마에 식은땀이 맺히는 순간, 어깨만 살짝 비튼 것 같았던 담우천이 다시 등을 내보이며 걸어 나갔다. 그렇게 남겨진 발자국 위로 그의 목소리가 떨어져 내렸다.

"까불면 죽는다."

담우천의 묵직한 저음이었다.

마신 주유의 얼굴이 추악하게 일그러졌다. 그가 언제 이렇게 치욕적인 대접을 받아보았겠는가.

"죽이겠다, 놈."

그는 이를 갈며, 문 밖으로 사라지는 담우천의 뒷모습을 노려보았다.

*　　　*　　　*

"이상한 일이지."

담우천은 아무도 없는 사당에서 혼자 중얼거렸다.

그녀가 죽은 이후 왜 함께 지냈던 좋은 추억들은 떠오르지 않고 미안했던 기억들만 생각날까.

이렇게 혼자 있을 때면 가끔씩 그녀의 기억이 떠올랐다. 즐거웠던 것보다는 안타깝고 미안했던 기억들. 좀 더 잘해 주었으면, 좀 더 신경 써 줬을 걸 하는 후회가 드는 기억들이 대부분이었다.

정말 이상한 일이다. 왜 함께 있어서 행복하고 기뻤던 추억들은 떠오르지 않을까.

이미 그녀가 죽었기 때문일지도, 더 이상 아무것도 해줄 수 없기 때문일지도 모른다. 살아 있다면 언제든 해줄 수 있었지만 이제는 더 해줄 수가 없는 상황이기 때문에 그렇게 아쉽기만 한 기억들로 채워지는 것일 게다.

그것은 부모가 돌아가신 후 아들들이, 딸들이 느끼는 감정과 비슷할 것이다.

부모님에게 잘해 드렸던 기억보다는 싸웠던 일들, 가슴 아프게 했던 것들에 대한 후회와 좀 더 잘해 드릴 걸, 효도할 걸 하는 아쉬움만 가득한 것처럼.

'뭐 나는 부모에 대한 기억은 없으니까.'

담우천은 감고 있던 눈을 떴다. 그리고 천천히 입을 열어

나직하게 말했다.

"조금 이르게 온 것 같은데."

사당 밖에서 누군가 그의 말을 받았다.

"죽음을 기다리게 하는 건 예의가 아니니까."

늙수그레한 목소리의 임자는 마신 주유였다. 담우천은
자리에서 일어나 밖으로 나갔다.

달빛이 교교하게 흐르는 가운데 한줄기 바람이 불어와
수풀을 찰랑거리게 했다. 가지와 가지들이 부딪치며 내는
촤르르륵, 소리가 시원하게 들려왔다.

그 수풀을 헤치고 난쟁이 노인이 걸어왔다. 그 뒤로 투신
전앙이 모습을 드러냈다.

담우천은 사당의 벽에 기댄 채 그들이 다가오는 모습을
물끄러미 지켜보았다.

"그 소년은?"

투신 전앙이 주변을 둘러보며 서둘러 물었다. 담우천은
어깨를 으쓱거리며 말했다.

"당신들이 너무 일찍 왔어."

"그런가?"

투신 전앙은 한숨을 내쉬며 중얼거렸다.

저 한숨은 도대체 무슨 의미일까. 안도? 아니면 불안, 초
조? 아쉬움?

"어떡할까?"

담우천의 말에 마신 주유는 당연하다는 듯이 말했다.

"우리 먼저 시작하지."

담우천은 투신 전앙을 힐끗 보며 물었다.

"기다리겠나?"

투신 전앙은 고개를 끄덕였다.

지금 그는 담우천에 대해서는 전혀 신경 쓰지 않고 있는 것 같았다. 고수와의 싸움을 본능적으로 즐기는 그가 담우천과의 싸움에 흥미를 보이지 않는 게다.

즉, 그건 담우천보다 그 소년이 더 강한 고수라는 뜻이기도 했다.

'기분 나쁜데.'

담우천은 문득 투신 전앙을 저렇게 만든 소년에 대해서 생각했다.

"천방지축, 제멋대로인 아이예요. 덕분에 우리도 꽤나 골치를 썩고 있지만… 그래도 실력 하나 만큼은 누구보다 강해요. 호승심도 철철 넘쳐나구요."

십삼매가 그 소년을 가리켜 한 말이었다.

누구보다 강하다.

이제 열예닐곱 정도 되었다는데, 천하의 십삼매가 저렇게까지 평가할 정도의 무위를 지닐 수 있을까.

믿기 힘든 일이었다.

하지만 투신 전앙의 모습을 보자면 확실히 강한 건 맞는 것 같았다. 최소한 다른 누구도 아닌, 투신 전앙을 저렇게 긴장하게 만들 정도로.

"어어, 네놈 상대는 나다."

난쟁이 노인이 입을 여는 동시에 손을 흔들었다. 담우천이 기대고 서 있던 벽에 쩌억! 균열이 일기 시작하더니 이내 우르르 무너져 내렸다.

비록 오래 되어 여기저기 금 간 상태의 벽이었지만 그래도 손짓 한 번에 무너져 내리다니, 역시 마신 주유의 무위가 어느 정도인지 가히 짐작되는 장면이었다.

하지만 어느새 담우천은 그 무너진 벽에서 벗어나 마신 주유의 앞에 서 있었다. 마신 주유 또한 방금 그 일격으로 담우천을 쓰러뜨리지 못한 게 전혀 분하지 않은 기색이었다.

주유는 손가락 마디를 꺾으며 입을 열었다.

"그럼 그 애송이 소년이 오기 전까지 한바탕 놀아볼까?"

담우천은 아무 말 없이 주유와 간격을 조절했다. 삼 장여의 거리. 딱 좋았다.

바람은 시원했고 달빛은 부드러웠다. 주변 공기가 찰랑거리며 흔들리는 느낌이 전신의 모공(毛孔)을 통해 전달되었다. 오래간만에 그의 모든 감각이 한껏 충만하고 고양되는 기분이었다.

왠지 절로 입가에 미소가 떠오르는, 그런 밤이었다.

3. 얼어붙어라!

그러고 보니 유주에서 느끼고 처음이군.

담우천은 양쪽 어깨를 축 늘어뜨렸다. 긴장감이 사라지고 불필요한 힘도 없어졌다. 마신 주유의 눈빛이 변한 건 바로 그때였다.

'이 자식, 설마?'

불안한 감정이 스멀스멀 피어올랐다. 불길하고 두렵고 초조하며 가슴 답답해서 고함이라도 내지르지 않으면 그대로 가슴이 터질 것 같은 기분.

이게 투신 전앙이 그 미지의 소년을 만났을 때의 기분과 비슷할까.

아니, 아니다.

마신 주유는 눈가에 힘을 주었다.

이깟 놈에게 기죽을 내가 아니란 말이다!

그는 마음속으로 고함을 내지르면서 전력을 다해 손을 뻗었다.

그 순간, 잔잔하게 출렁거리던 주변의 공기가 태풍이라도 만난 것처럼 격렬한 파고(波高)를 일으키며 담우천을 향해 밀려들어갔다.

동시에 담우천을 에워싸고 사방에서 공기들이 출렁이며 압박해 들어가는 것 같은 환각이 일었다. 화살도 창도 아닌, 보이지 않는 공기를 어떻게 막고 피할 것인가.

그것이 바로 마신 주유가 자랑하는 절기, 한빙마유(寒氷魔油)의 위력이었다.

또한 담우천은 막지도 피하지도 않았다. 그저 어느새 빼든 검으로 자신을 향해 짓쳐드는 모든 것을 단번에 갈랐을 뿐이었다.

쩌억!

출렁이며 압박해 오던 공기의 결이 갈라졌다. 그 안에 담겨 있던 음한지력(陰寒之力)이 끈적거리는 물처럼 쏟아져 나와 바닥으로 흘러내렸다.

그 끈적거리는 물이 닿는 순간, 담우천 주변의 땅바닥이 순식간에 얼어붙어 새하얀 서리가 맺혔다.

"좋구나!"

마신 주유는 자신의 한빙마유가 실패로 돌아갔지만 더욱

호승심이 인 듯, 크게 소리치며 내공을 끌어 모았다.

일순 난쟁이 노인의 몸이 갑자기 몇 배는 커진 것 같았다.

담우천은 저도 모르게 고개를 들어야 했다. 마신 주유는 주변의 모든 공기를 한껏 끌어 모아 자신의 음공(陰功)으로 뒤덮고 있었다.

쩌억— 쩍!

주변의 공기가 얼어붙기 시작했다.

수풀이 딱딱하게 얼어붙는 소리가 요란하게 들려왔다. 땅이 빙판처럼 굳고 있었다.

그 가운데 마신 주유의 전신은 새하얗게 탈색된 채 담우천을 내려다보고 있었다.

음격(陰擊)의 화신, 음공의 제왕!

그렇다.

이 가공할 음한지력이 있기에 마신 주유는 세상에 두려울 것이 없는 자였다. 그 어떤 자와 싸워도 반드시 꽁꽁 얼게 만들어 산산조각 낼 수가 있는 그였다.

마신 주유는 모든 내력을 한데 끌어 모은 손을 뻗어 담우천을 가리키며 소리쳤다.

"빙결(氷結)!"

―얼어붙어라!

그것은 주문처럼 담우천을 속박했고 그 위로 한없이 차가운 기운이 폭포수처럼 쏟아져 내렸다. 담우천이 전신이 순식간에 얼음덩어리로 변했다.

마신 주유가 득의만면, 크게 웃음을 터뜨렸다.

"어떠냐, 애송이!"

내가 마음만 먹으면 네놈 따위는…….

"응?"

마신 주유의 눈빛이 변했다. 얼어붙었던 담우천의 모습이 흐릿해지는가 싶더니 이내 사라지고 보이지 않았다. 그러자 속에 아무것도 없는 얼음덩어리 하나가 그 자리에 놓여 있을 뿐이었다.

알고 보니 얼음에 갇히기 전에 담우천은 이미 그 자리에서 빠져나갔던 것이다. 그 잔상만이 남아서 마치 얼음덩어리로 변한 듯 보였을 뿐이었다.

그런 상황을 여전히 눈치채지 못한 마신 주유가 어안이 벙벙한 표정을 짓고 있을 때였다.

"뒤쪽이다!"

투신 전앙이 소리쳤다.

마신 주유는 황급히 몸을 돌렸다.

어느새 마신 주유의 눈을 피해 뒤로 돌아갔을까. 그곳에는 담우천이 서 있었고, 마신 주유가 몸을 돌리는 순간 그는 정확하게 주유의 목젖을 향해 검을 뻗었다.

절정에 이른 둔형장신보와 이어지는 무극섬사의 조화!

"안 돼!"

투신 전앙은 동료의 위기를 보다 못해 소리치며 앞으로 달려 나가려 했다.

그때였다.

"날 찾았다면서?"

아직 어린 목소리가 그의 등 뒤에서 들려왔다. 투신 전앙은 저도 모르게 움찔거리며 멈춰 섰다.

일순 등골을 파고드는 한줄기 식은땀! 마치 등 뒤에서 호랑이가 서 있는 걸 깨달은 사냥꾼의 기분!

차마 뒤를 돌아보지 못한 채 느껴야 하는 초조, 불안, 공포의 감정들이 투신 전앙의 뇌리 속으로 한꺼번에 밀려들었다.

"아악!"

비명이 터져 나왔다.

동시에 전앙의 눈이 커졌다.

그의 눈동자에 마신 주유의 모습이 비쳐졌다. 그리고 목에서 피가 솟구치는, 그 거대해 보였던 마신이 삽시간에 쪼

그라들 듯 제 모습으로 변하는 과정이 이어졌다.

마신 주유가 고꾸라지고 있었다.

지금껏 단 한 번도 쓰러지지 않았던 그가 바닥에 철퍼덕 엎어졌다. 투신 전앙의 눈동자에는 마신 주유가 지렁이처럼 땅바닥에서 꿈틀거리다가 이윽고 축 늘어지는 광경까지 똑똑하게 그려졌다.

"아, 안 돼……."

투신 전앙은 다시 앞으로 튀어나가려고 했다. 하지만 그걸 허락하지 않는 자가 있었다.

"뭐야? 날 놔두고 다른 사람에게 신경쓸 정도로 여유를 부린단 말이야?"

등 뒤에서 다시 소년의 목소리가 들렸다.

투신 전앙은 얼어붙은 듯이 움직이지 못했다. 조그만 목소리였지만 전앙에게는 마치 호랑이의 포효처럼 들려왔던 것이다.

전앙은 입술을 깨물고는 억지로 몸을 돌렸다.

그곳에 그가 서 있었다.

한 번 마주쳤지만 이내 고개를 숙이고 서둘러 지나쳐야 했던 그 소년이, 바로 거기에 서 있었다.

투신 전앙은 소년을 보며 자세를 잡았다.

"덤벼라, 애송이."

소년은 피식 웃었다.

"훌륭해. 기세만큼은 나쁘지 않아."

"죽어라!"

투신 전앙이 소리치며 덤벼들었다.

＊　　　＊　　　＊

죽였다.

복수했다.

자하를 죽인 자의 목에 검을 꽂아 넣었다.

그러니 기뻐야 할 텐데, 희열을 주체하지 못해서 온몸을 부들부들 떨어야 할 텐데.

의외로 담담했다.

유주에서 호지민을 죽였을 때처럼, 마신 주유를 죽였음에도 불구하고 별다른 감상이 없었다.

어차피 한 사람의 목숨을 끊는 건 매한가지라 이건가. 아니면 너무 어이없을 정도로 간단하게 죽여서일까. 그것도 아니라면……

'어차피 하수인에 불과할 따름이다.'

비록 마신 주유가 자하를 죽이기는 했지만 그는 어디까지나 하수인에 불과했다. 자하의 죽음은 결국 제갈원이 책임을 져야 했다.

그러니 아직 복수가 끝난 게 아니다. 또 그래서 이렇게 무덤덤한 것이다.

담우천은 그렇게 생각하며 천천히 검을 거둬들였다.

그의 검날에는 마신 주유의 피와 기름이 묻어 있었다. 담우천은 손목을 틀어 그 피와 기름을 떨쳐냈다. 그때 등 뒤로 거친 목소리가 짐승의 울부짖음처럼 쏟아졌다.

"죽어라!"

투신 전앙의 고함이었다.

담우천은 몸을 비스듬히 돌렸다. 일순 그의 눈은 한없이 커졌고 그의 얼굴은 딱딱하게 굳어졌다. 섬전처럼 날아든 투신 전앙이 그보다 열 배는 빠른 속도로 튕겨 나가는 광경을 목도한 까닭이었다.

피분수가 허공을 가르며 피어올랐다가 사라졌다. 투신 전앙은 무려 십여 장이나 뒤로 날아갔다가 줄 끊어진 연처럼 툭, 떨어졌다.

바들거리는 것도 꿈틀거리는 것도 없었다.

즉사였다.

저 투신 전앙이, 몇 년 전까지만 하더라도 담우천조차 양패구상을 각오해야만 했던 그가 단 일 초도 견디지 못한 채 즉사한 것이다.

그것은 지금 담우천이 마신 주유를 죽인 것과 전혀 차원이 달랐다.

담우천은 상대가 방심할 때를 노려 전력을 다해 둔형장신보를 펼쳐 주유를 속였다. 그리고 또 모든 내공을 한껏 끌어 모은 일검을 펼쳐서야 겨우 주유의 호신강기를 꿰뚫고 그 목젖을 찌를 수가 있었던 것이다.

만약 주유의 내공이 조금 더 강했더라면 그래서 호신강기가 조금만 더 버텨 줬더라면, 그 이후의 승부는 알 수가 없게 되는 게다. 사실 담우천의 전력은 그 일검에 실려 있었으니까.

하지만 투신 전앙과 소년은 달랐다.

투신 전앙이 전력을 다해 덤벼든 반면, 소년은 그저 가볍게 손을 뻗었을 뿐이었다. 그 반탄지력에 튕긴 전앙은 무려 십여 장이나 날아가 즉사하고 말았다. 그러니 소년과 담우천의 상황은 전혀 다른 것이다.

담우천이 시선이 천천히 이동하여 그 살인자, 소년에게로 향했다.

소년은 가볍게 손을 털다가 담우천과 시선을 마주했다. 소년은 피식 웃으며 말했다.

"왜? 나와 싸우고 싶어?"

담우천은 아무 말도 하지 않았다. 소년은 잠시 담우천을 쳐다보다가 비웃듯 말했다.

"겁쟁이라니."

소년은 어깨를 들썩거리고는 몸을 돌렸다.

"아, 진짜 귀찮네. 겨우 이런 늙은이 하나 상대하라고 사람을 힘들게 왔다 갔다 하게 만들어?"

소년은 투덜거리면서 다시 수풀 속으로 사라졌다. 담우천은 그가 완벽하게 사라질 동안 숨조차 쉬지 못하다가 겨우 길게 호흡을 토해냈다.

"뭐지, 저 꼬마는?"

담우천은 두근거리는 가슴을 애써 진정시키며 중얼거렸다.

놈은 괴물이었다. 인간이 아니었다. 저런 괴물이 세상에 존재하다니…….

소년은 강해 보였고 또 실제로 강했다.

하지만 담우천이 놀란 건 그 때문이 아니었다. 소년만큼 강한 자를 처음 본 것도 아니니까. 적어도 소림의 늙은 중들이라면 소년만큼 강했으니까.

사상 최강의 소년이라고 할 수는 있겠지만 사상 최강의 고수라고는 할 수 없었으니, 그 강함을 보고 담우천이 얼어붙은 건 아니었다.

그가 꼼짝하지 못한 것은 소년이 뿜어내는 그 악독한 마기(魔氣) 때문이었다.

처음부터 끝까지 한 치의 인정도 남아 있지 않은, 오로지 잔인하기만 한 악(惡)과 자비 없는 마(魔)로 똘똘 뭉쳐 있는 그 완벽한 악마의 기운.

갓난아기 때부터 사람을 죽이는 법을 배워 왔고 철 든 이후 아무런 죄책감 없이 그렇게 사람을 죽여 왔던 담우천조차 놀라고 두렵고 당황해 해서 옴짝달싹하지 못하게 만들 정도의 악랄하고 음습한 악기(惡氣).

그것은 괴물이었다. 세상에서 처음 보는 괴물.

그것은 악마였다. 지옥의 문을 열고 사람 사는 세상에 모습을 드러낸 악마.

그래서였는지도 몰랐다.

담우천은 이미 소년이 떠난 빈자리를 바라보면서 저도 모르게 중얼거리고 있었다.

'황계에서… 도대체 뭘 만들어낸 건가…….'

어둠이 더욱 짙어지고 있었다.

第六章
좋은 날씨다, 우리에게는

잘 성장했더라…….

담우천은 잠시 상념에 젖었다.

이 세상에서 가장 잔인하고 포악하며 악랄한 이는 과연 어떤 부류일까.

바로 어린아이였다. 세상 물정 전혀 모르는, 삶과 죽음의 무게에 대해서 알지 못하는 서너 살 꼬마 아이들.

1. 기이한 일

오월 말의 천자산은 비로 흠뻑 젖고 있었다.

기이한 일이었다. 담우천이 이곳을 찾을 때마다 비가 내리고 있었다. 그것도 하루 이틀 내리는 걸로 그칠 것 같지 않은 폭우.

그래도 이 비가 그치면 여름이 찾아올 것이다.

'올 여름도 무척 덥겠군.'

담우천은 창밖으로 쏟아지는 빗줄기를 바라보면서 중얼거렸다.

'어쨌든 나쁘지 않은 비다, 우리에게는.'

사천 성도부에서 강만리, 십삼매들과 헤어진 후 곧장 광주 불산으로 향했단 담우천은 그곳에서 투신 전앙과 마신 주유를 해치운 후 다시 이곳 천자산으로 향했다.

　무려 한 달 가까이 정신없이 달리기만 했던 그였다. 사람들과 약속한 시일보다 이틀 일찍 천자산 경계에 도착한 까닭에 잠시 휴식을 취할 수가 있었다.

　그가 비를 긋고 있는 객잔에는 십여 명의 손님이 앉아서 술과 식사를 하는 참이었다. 담우천도 술을 시켜놓고 한 잔씩 마시고 있었다.

　비는 그칠 기미가 보이지 않았다. 하늘을 보아하니, 오늘 아침부터 내리기 시작한 이 비는 적어도 이삼 일 내내 퍼부을 듯싶었다.

　'잘들 지내겠지.'

　담우천은 남경에 두고 온 아이들과 여인들을 떠올렸다. 보보의 웃는 모습이 눈에 어렸다. 다들 소중한 자식들이었고 또 여인들이었다.

　하지만 담우천은 그녀들을 아내로 삼을 생각은 여전히 없었다. 비록 자기네들끼리는 둘째 엄마, 셋째 엄마 하지만 담우천은 전혀 그럴 마음이 아니었다.

　유주에서 돌아와 다시 그녀들 곁을 떠날 때까지의 몇 개월 동안 단 한 번도 그녀들과 정사를 갖지 않은 것도 그러한 이유에서였다.

'이미 그녀들의 소원은 들어주었으니까.'

두 번 다시 그녀들과 정을 나눌 이유가 사라진 것이다.

물론 담우천은 그녀들을 좋아했다. 그러나 그의 아내는 어디까지나 자하뿐이었다. 그녀가 죽은 것으로 그의 아내는 더 이상 존재하지 않았다.

"무슨 생각을 그리 오래 하세요?"

담우천의 귓전으로 달콤한 목소리가 들려왔다. 고개를 들지 않아도 알 수 있었다. 이렇게 부드러우면서도 은근한 목소리는 오직 십삼매만 낼 수 있었다.

아니나 다를까, 그의 앞자리에 앉는 여인은 십삼매였다. 객잔 손님들의 이목이 다들 그녀에게로 집중되어 있었다.

이제 거의 서른 살이 되지 않았을까.

하지만 그녀는 여전히 청순했고 아름다웠으며 또한 한없이 요염했다. 새로 술잔을 가지고 온 점소이조차 그녀의 얼굴에서 눈을 떼지 못했다.

그녀는 몇 가지 요리를 주문했고, 점소이는 뒤돌아가면서도 연신 그녀를 힐끔거렸다.

"축하해요."

십삼매는 제 술잔에 술을 따르며 입을 열었다.

"가셨던 일은 잘 끝났다고 전해 들었어요."

역시 말보다 빠른 정보력이군.

담우천은 불산에서 예까지 단 한 번도 쉬지 않고 말을 달려왔다.

하지만 십삼매는 이미 불산에서 무슨 일이 벌어졌는지 또 어떤 결과가 일어났는지 모두 알고 있었다.

"덕분이오."

담우천은 짧게 말했다.

십삼매는 고혹적인 눈빛으로 담우천을 바라보면서 술잔을 입으로 가져갔다. 그녀의 하얗고 긴 목이 고스란히 그의 시야에 들어왔다. 그녀의 붉고 도톰한 입술 사이로 스며든 술이 가녀린 목을 타고 내려가며 꿈틀거렸다.

담우천은 잠시 그런 십삼매의 가녀린 목과 쇄골, 그 밑으로 풍만하고 탱탱하게 들어선 가슴까지 물끄러미 지켜보다가 고개를 돌렸다. 창밖으로 내리는 빗줄기가 더욱 요란해지고 있었다.

"어떤가요?"

십삼매의 목소리가 끈적하게 느껴졌다.

담우천이 고개를 돌렸다. 그녀가 턱을 괴고 물어왔다.

"그 아이, 괜찮던가요?"

담우천은 가볍게 눈살을 찌푸렸다. 그 소년을 떠올리는 순간, 저도 모르게 표정에 변화가 생기는 것이다.

"대단하더구려."

담우천은 애매모호하게 말했다. 그걸 칭찬이나 감탄으로 들었는지 십삼매는 빙긋 웃으며 말했다.

"확실히 그렇죠? 조금 엉뚱하지만 그래도 확실히 잘 성장했어요."

잘 성장했다라…….

담우천은 잠시 상념에 젖었다.

이 세상에서 가장 잔인하고 포악하며 악랄한 이는 과연 어떤 부류일까.

바로 어린아이였다. 세상 물정 전혀 모르는, 삶과 죽음의 무게에 대해서 알지 못하는 서너 살 꼬마 아이들.

그들은 아무런 감정 없이 생명체를 죽일 수가 있다. 벌레나 곤충이나 할 것 없이, 자신들이 손가락 끝으로 혹은 입으로 죽일 수 있는 모든 생명체를, 아무런 고민 없이 죽이는 게 바로 어린아이들이었다.

그런 의미에서 그 소년은 어린아이였다. 타인의 목숨에 대한 가치를 전혀 모르는, 신경 쓰지 않는, 자신이 하고 싶은 대로 살아가는 꼬마아이.

그런 소년의 앞에서 투신 전앙은 개미처럼, 지렁이처럼 죽어갔다.

어쩌면 그 소년에게 있어서 무림인들이란 그저 하찮은

벌레나 곤충 정도밖에 되지 않을지도 몰랐다.

그런데 잘 성장했다라?

담우천은 문득 제 아들, 담호를 떠올렸다.

담호가 성장하면 그렇게 될까.

아니다. 절대 그렇게 성장하지 않을 것이다. 비록 누구보다 강해질 수는 있지만 그 소년과 같은 악마의 성정을 지니지는 않을 것이다.

그건 담호가 담우천 자신의 아들이기 때문이 아니었다. 담호는 자하의 아들이었고 소화의 보살핌을 통해 또한 나찰염요의 교육을 받고 있었다.

'으음, 염요의 교육이 문제가 될지도…….'

문득 그런 생각이 들었지만 담우천은 이내 고개를 저었다. 나찰염요는 제대로 된 사내에 대해서 잘 알고 있었다. 그녀에게 교육을 받는다면 담호는 반드시 제대로 된 사내로 성장할 것이다.

"이제 준비는 어느 정도 끝나 가요."

십삼매가 다시 말했다.

그녀가 말한 준비란, 강만리와 그녀가 세운 계획을 의미했다. 담우천이 무적가 전체를 상대하지 않고서 오직 제갈원과 제갈보국만을 죽일 수 있는 계획.

"고맙소."

담우천은 담담하게 말했다.

이유야 어찌 되었든, 이번 계획에 황계의 많은 인원과 자금이 투입되었다는 것은 확실히 고마운 일이었다. 무엇보다 십삼매가 위험에 처할 수도 있었다.

그것은 담우천이 감당할 수 없는 무게의 빚으로 남을 수도 있었다.

"고맙기는요."

십삼매가 웃으며 말했다.

"물론 자하 언니에 대한 복수도 있지만 무엇보다 우리에게도 도움이 되는 일이니까요."

과연 그럴까.

담우천은 다시 십삼매를 바라보았다. 그녀의 깊고 아름다운 두 눈을 직시했다.

그녀는 담우천의 시선을 피하지 않았다. 턱을 괸 채, 마치 유혹하듯 그를 쳐다보았다. 두 사람의 시선이 허공 한가운데에서 은밀하게 얽히고 묶였다.

역시 대단한 여자였다.

그렇게 바라보는데도 속마음을 전혀 알 수가 없었다.

'하지만 그래서…….'

담우천은 먼저 시선을 외면하며 속으로 중얼거렸다.

'청풍과 망량이 잘해줘야 한다.'

이매청풍과 만월망량.

그들은 담우천의 지시에 따라 지난 반년 가까이 대륙 전역을 떠돌고 있었다. 단 하나의 증거를 찾기 위해서, 단 하나의 사실을 확인하기 위해서 그들은 언제 끝날지 모르는 여정을 떠난 상태였다.

"강 형도 올 때가 된 것 같은데."

담우천은 상념을 떨쳐내며 입을 열었다.

강만리는 지금 무적가를 함정으로 끌어들일 계획을 진행 중이었다.

사실 강만리가 직접 나설 이유는 없었다. 하지만 그는 자신이 입안(立案)한 계획이기 때문에 직접 움직이며 상황을 파악하는 게 옳다고 주장했다. 또 사전 작업도 철두철미해야 한다면서 지금 천자산 일대를 돌아다니는 중이었다.

"막바지에 이르렀으니 이제 올 때가 되었겠죠."

"고맙소."

담우천은 다시 한 번 말했다. 그녀가 방긋 웃었다. 담우천이 말했다.

"다시 한 번 말하지만 죽을 수도 있소."

"상관없어요."

십삼매는 담우천과 자신의 빈 술잔에 술을 따르며 말했다.

"죽음은 두렵지 않아요. 단지… 제가 원하는 걸 이루지 못하고 죽는 게 두려울 뿐이죠."

담우천은 잔이 차는 걸 물끄러미 지켜보았다.

"제가 원하는 게 이뤄진다면……."

그녀는 술병을 내려놓으며 말했다.

"그때는 언제든지 죽어도 상관없어요."

담우천은 머뭇거리다가 술잔을 들었다. 그녀도 담우천과 함께 술잔을 들었다.

무언의 건배.

"좋은 일로 건배하는 거겠죠?"

투박한 사내의 음성이 들려왔다.

담우천과 십삼매가 고개를 돌렸다.

비에 흠뻑 젖은 강만리가 무뚝뚝한 표정을 지은 채 걸어와 자리에 앉았다.

"계획은?"

"다 끝났다."

십삼매의 질문에 강만리는 짧게 말하며 그녀의 술잔을 낚아챘다. 그리고 단숨에 털어 넣은 후, 담우천을 바라보며 씨익 웃었다.

"마침 날씨도 우리 편입니다."

담우천이 고개를 끄덕였다.

"확실히 우리에게는 좋은 날씨지."

십삼매가 희미하게 웃으며 말했다.

"그럼 날짜를 앞당기죠. 내일 바로 실행에 옮기는 거예요."

강만리와 담우천이 동시에 고개를 끄덕였다.

2. 도둑들

야밤을 틈타 슬그머니 담을 넘는 자들이 있었다.

그 집 주변의 골목길에는 온갖 치장을 한 여인네들이 몰려나와서 술에 취한 사내들을 호객하고 있었다. 하지만 누구 하나 그들의 움직임을 눈치챈 이는 아무도 없었다.

두 명의 사내는 은밀하게 움직였다. 집 안에 아무도 없다는 것을 미리 확인해 두었지만, 그럼에도 불구하고 그들은 좀처럼 안으로 들어서지 않았다.

일각, 이각의 시간이 흐른 후에야 비로소 그들은 조심스레 창을 열고 안으로 들어섰다.

깔끔하고 소박한 장식물들로 꾸며진 대청을 두리번거리던 그들은 곧 무언가를 찾는 듯, 대청과 방 곳곳을 뒤지기 시작했다. 그들은 세심하고 집요하며 끈질기게 집 전체를 천천히 뒤져 나갔다.

대략 한 시진가량 되었을까. 그들은 더 이상 뒤지지 않았다.

마침내 원하던 것을 찾아낸 까닭이었다.

"놀랍군."

한 사내가 나지막한 소리로 중얼거렸다. 그의 손에는 침상과 보료 사이의 공간에 숨겨진 비밀 설합(舌盒)에서 조금 전에 찾아낸 조그마한 책자가 쥐어져 있었다.

그 책자에는 어린 소녀가 쓴 듯한 글씨체로 빼곡하게 채워져 있었는데, 그간 책자의 주인이 보고 들었던 모든 것이 일기처럼 적혀져 있었다.

"아니, 잠깐만. 바로 앞장을 다시 봐봐."

바짝 붙어서 함께 책자를 훑어보던 다른 사내가 서둘러 책자를 뒤로 넘기며 말했다.

"으음. 세상에……."

첫 번째의 사내가 신음을 흘렸다.

이건 빼도 박도 못하는 단서가 될 수 있었다. 그리고 추측이 곧 사실이었음을 밝혀주는 증거가 될 수 있었다.

"일이 이렇게 된 거였구나."

두 번째 사내도 낮은 목소리로 중얼거렸다. 걷잡을 수 없는 분노와 증오의 살기가 그의 눈가에 번들거렸다.

"돌아가자."

첫 번째 사내는 책자를 반으로 찢었다. 그리고 두 번째 사내와 서로 나눠 가진 후 품속에 소중히 넣었다. 그들은 침상을 원래대로 돌려놓았다. 비밀 설합을 감쪽같이 되돌린 다음 보료도 정확하게 맞춰 깔았다.

그 후 그들은 도둑고양이처럼 살금살금 방을 빠져나와 대청을 가로질러 밖으로 나가려했다.

하지만 그들이 대청으로 나오는 순간, 갑자기 사방에서 불이 환하게 밝아왔다. 그들은 저도 모르게 눈을 찌푸리며 손으로 얼굴을 가로막았다.

"도둑고양이치고는 제법 큰 놈들이군."

늙수그레한 음성이 대청 차탁에서 들려왔다. 사내들은 눈을 끔뻑거리며 그곳을 바라보았다.

볼 품 없게 생긴, 작은 체구의 노인이 곰방대를 쥔 채 앉아서 그들을 쳐다보고 있었다. 그리고 대청 주변으로는 대여섯 명의 사내가 환하게 빛나는 등을 들고 우뚝 서 있었다.

노인이 말했다.

"아가씨께서 집을 봐달라고 하시기에 설마 했었거든. 천하에 어떤 모자란 놈이 있어서 감히 황계의 계주 집을 털러 올까 하고 말이야."

두 사내는 뒤로 주춤 물러났다. 하지만 아무도 그들을 제지하지 않았다. 마치 이미 그들의 목숨이 자신들의 손에 있다는 것처럼.

"그런데 진짜 오는 놈이 있군그래. 어디의 누구냐? 태극천맹? 무적가? 태극감찰밀?"

노인은 피우지도 않는 곰방대를 한 모금 빤 후 다시 입을 열었다.

"서로 귀찮게 하지 말고 이야기하자. 괜히 이 시각에 피보는 거, 나도 좋을 거 없으니까."

바로 그때였다.

두 사내는 마치 약속이라도 한 듯이 동시에 몸을 날렸다. 그것도 한 명은 동쪽의 창을 향해, 다른 한 명은 서쪽의 뒷문을 향해 번개처럼 질주했다. 이미 알고 있었음에도 불구하고 미처 뒤쫓지 못할 정도로 쾌속한 신법이었다.

콰쾅!

요란한 소리와 함께 창이 박살 나고 뒷문이 부서졌다. 순식간에 두 명이 대청에서 사라졌다.

하지만 누구 하나 그들의 뒤를 쫓는 이가 없었다. 서두르거나 초조해하는 이들도 없었다. 등을 든 사내들은 그저 묵묵히 선 채로 노인을 지켜볼 따름이었다.

노인은 습관처럼 불 꺼진 곰방대를 툭툭 털어내면서 중얼거렸다.

"이놈의 아편은 정말이지 끊기 힘들군그래."

그리고는 오른쪽에 서 있는 사내를 힐끗 올려다보며 말을 이었다.

"밖에는 누가 있지?"

사내는 공손하게 말했다.

"청호(靑狐), 몽사(夢蛇), 소응(笑鷹) 등 일곱 명이 있습니다. 그리고 늙은쥐[老鼠]와 춤추는 원숭이[舞猿]이 대기하고 있습니다."

"좋아. 한 놈은 붙잡아서 이리로 데리고 오고. 다른 한 놈은 어디로 도망치는지 끝까지 따라 붙게 해."

"늙은쥐와 청호, 몽사로 뒤쫓게 하겠습니다."

"그래. 알아서 해. 하지만 절대로, 놈들이 그걸 다른 사람에게 전하게 놔두어서는 안 되는 게야."

"알겠습니다."

사내, 우는 호랑이[淚虎]라는 별명을 가진 사내는 곧장 동료들을 이끌고 밖으로 나갔다. 조금 전 두 사내가 움직였던 것과 거의 비슷할 정도의 빠른 몸놀림이었다.

순식간에 대청에는 노인 혼자 남았다. 동시에 사방은 어둠 속에 가려졌다.

허 노야라고 불리는, 혹은 호교공(護敎公)이라 불리는 그 노인은 어둠 속에 홀로 앉은 채 곰방대를 만지작거리면서 한숨을 내쉬었다.

"흠, 깜찍한 꼬마 아가씨로군그래."

그는 조금 전 두 사내가 그 꼬마 아가씨의 방에서 나눴던 이야기를 떠올리며 중얼거렸다.

"언제 그런 비밀 일기를 다 쓰셨을까?"

노인의 눈가에 희미한 살기가 스며들었다.

만약 노인이 이 집 주변의 골목길에 은밀하게 수하들을 심어 두지 않았더라면, 그야말로 꼼짝없이 그 책자를 빼앗길 뻔했다. 황계, 아니, 십삼매의 모든 것이 기록된 책자를.

"골치만 썩게 만드는데 괜히 살려둘 필요가 있을까?"

노인은 이제 성숙하다 못해 요염한 끼까지 내비치는 깜찍한 꼬마 아가씨를 떠올리며 말을 이었다.

"뭐, 죽여도… 이제는 괜찮겠지. 황계의 후계자가 정해진 마당이니까."

노인은 꼬마 아가씨, 소홍을 죽이기로 결심한 듯 크게 고개를 끄덕였다. 그리고는 그녀의 쌍둥이 오빠를 떠올리며 만족스러운 웃음을 지었다.

"후견인인 내가 직접 말하기는 뭐하지만 정말 훌륭하게 성장하셨어. 당장 십삼매가 필요 없을 정도로 말이야."

그는 무엇이 그리 기쁜지 낄낄 웃기 시작했다.

하기야 기쁜 게 당연하리라.

유령교(幽靈敎)의 소교주가 어둠을 뚫고 모습을 드러내어 곧 천하를 지배하게 될 테니까.

어둡고 텅 빈 대청에서 노인의 웃음소리가 귀신의 그것처럼 흘러나오고 있었다.

3. 죽을 줄 알아!

여름이 시작되면서 폭우가 쏟아진 게 벌써 닷새째였다. 하늘에 구멍이 뚫린 것처럼 쉬지 않고 폭우가 내렸다. 가뜩이나 황량한 유주 땅, 그러니 오가는 행인의 인적은 더더욱 보이지 않았다.

그날도 뚱보 주인은 유랑객잔의 텅 빈 실내를 바라보며 한숨을 내쉬었다. 단 한 명의 손님도 없는 가운데 빗소리만 천정과 벽을 두드리며 요란하게 울려 퍼지고 있었다.

"이런 날은 일찍 문 닫고 자는 게 최고지."

계산대에 앉아 있던 뚱보 주인이 끄응, 하며 자리에서 일어났다.

그는 문가로 걸어가다가 문득 조그만 눈을 반짝거렸다. 빗줄기 너머에서 들려오는 희미한 기척들.

"오호, 손님이 오시는구먼."

그는 손을 비비며 다시 자리에 앉았다.

아니나 다를까, 채 반각도 되지 않아서 말 울음소리가 가깝게 들려왔다. 그리고 문이 덜컹 열리며 빗줄기와 함께 한 무리의 사람들이 거칠게 들어섰다.

뚱보 주인은 그제야 손님들의 기척을 느꼈다는 듯이 느긋하게 고개를 돌렸다.

약 열 명가량 되는 무리를 훑어보던 그의 눈빛이 문득 가늘어졌다. 그는 속으로 한숨을 길게 내쉬며 중얼거렸다.

'손님이 아니었나……'

그들은 확실히 술을 마시거나 하룻밤 자기 위해 이곳 유랑객잔을 찾은 이들이 아니었다. 그들 무리에 섞여 있는 한 명, 열혈태세를 확인한 것만으로도 뚱보 주인은 그들의 목적을 알 수 있었다.

무리들은 서두르지 않았다. 그들은 세 개의 탁자를 품자(品字)처럼 차지하고 앉아서 술과 음식을 요구했다. 뚱보 주인은 아무 말 없이 주방으로 들어가서 요리를 해왔다.

무리들 중 가장 나이 많아 보이는, 흑의장포를 걸친 노인이 그 요리를 맛보고는 꽤나 마음에 들었다는 듯이 고개를 끄덕이며 중얼거렸다.

"상당히 뛰어난 오리구이로군."

뚱보 주인은 대꾸하지 않았다. 그는 말없이 계산대로 되돌아가 앉았다.

그때 열혈태세가 그를 쳐다보며 입을 열었다.

"날 기억하나?"

뚱보 주인은 열혈태세를 힐끗 보고는 고개를 저으며 뚱한 목소리로 말했다.

"워낙 많은 손님이 오가는 곳이라."

"그렇게 손님이 많을 것 같지는 않은데."

예의 그 흑의장포의 노인이 실내를 둘러보며 말했다. 뚱보 주인의 눈매가 매섭게 휘어졌다.

그러거나 말거나 노인은 계속해서 주인의 속을 긁는 말을 해댔다.

"이렇게 손님이 없는데도 문을 닫지 않는 게 용하군그래. 설마하니 오래간만에 들리는 손님들을 해치우고 돈을 버는 흑점(黑店)도 아닐 텐데 말이지."

손님에게 약을 먹여 혼절하게 만든 다음 죽인 후, 그가 가진 모든 걸 빼앗고 그 시체는 다음 손님들에게 팔 고기로 사용하는 곳이 바로 흑점이었다.

뚱보 주인은 말없이 노인을 노려보다가 손가락으로 문을 가리키며 말했다.

"나가."

"응?"

노인은 그게 무슨 소리냐는 듯이 눈을 크게 떴다.

"다 해서 은자 한 냥 반이다. 내놓고 꺼져."

뚱보 주인의 말에 노인은 어이가 없다는 표정을 지었다.

그러자 열혈태세가 흑의장포 노인의 눈치를 살피며 뚱보 주인을 꾸짖었다.

"이분이 누구인지 알고 함부로 말하나?"

"누구인지 내가 알 게 뭐야? 내 집에서는 다 똑같은 손님에 불과한데 말이지."

"허어, 이분으로 말씀드릴 것 같으면 오대가문 중 한 곳인 무적가의 삼신! 그중 사신 오곤이라는 분이시다. 말을 가려서 하게."

열혈태세가 냉엄하게 말했다. 하지만 뚱보 주인은 코를 파다가 코웃음을 쳤다.

"사신이건 살신(殺神)이건 상관없다니까. 내게는 다 똑같은 손님 중 한 명에 불과해. 그러니까 더 이상 까불다가 한 대 얻어맞지 말고 좋은 말로 할 때 썩 꺼져."

"허어, 이 친구 보게."

노인, 사신 오곤은 어이가 없다는 듯이 중얼거렸다. 점차 그의 눈가에 살기가 스며들기 시작했다. 열혈태세가 평소의 그답지 않게 중재하듯 앞으로 나서며 말했다.

"자네와 싸우려 이곳에 온 게 아니네. 몇 가지 묻고 싶은 게 있어서 찾아왔네. 그러니 솔직하게 대답해 주면 곧 이곳을 떠나겠네."

열혈태세는 쉰 냥짜리 은원보 하나를 계산대 위에 올려 놓았다. 뚱보 주인은 그걸 힐끗 볼 뿐 아무런 말을 하지 않았다.

열혈태세는 재빨리 말했다.

"일전에도 물었던 기억이 있는데 진짜 이곳에 어린 여인이 끼어 있는 십여 명의 무리가 온 적이 없었나?"

뚱보 주인은 무뚝뚝하게 말했다.

"그때 뭐라 대답했는지 모르겠지만 워낙 오가는 손님이 많아서 일일이 다 기억하지 못한다니까."

"손님이 전혀 없는데 뭘."

"너, 나가!"

뚱보 주인은 사신 오곤을 노려보며 소리쳤다. 오곤의 눈동자에 짙은 살기가 담겼다.

열혈태세가 한숨을 쉬었다.

'성질 급하기로 천하에 소문이 나 있는 내가 외려 이렇게 중재역을 맡고 있다니……'

열혈태세는 속으로 중얼거리고는 다시 뚱보 주인을 향해 입을 열었다.

"그럼 담우천은?"

"몰라."

뚱보 주인이 무뚝뚝하게 말했다.

사신 오곤은 피식 웃었다. 그리고는 열혈태세를 향해 말했다.

"이제 그만하시오. 어차피 말로 해서는 안 될 거라고 알고 오지 않았소?"

뚱보 주인은 오곤을 노려보았다.

"말로 해서는 안 된다고?"

사신 오곤도 뚱보 주인을 노려보며 천천히 자리에서 일어났다.

그의 전신에서 무형의 기운이 새록새록 피어올랐다.

"그래. 말로 해서 안 되는 걸 알기 때문에 이 몸이 직접 예까지 온 게다. 네놈의 머리를 뜯어서 직접 그 안을 들여다 볼 작정으로 말이지."

"호오. 늙은이가 죽지 못해 안달이 났군그래."

뚱보 주인도 자리에서 일어났다. 그는 팔을 걷더니 솥뚜껑만 한 손으로 바깥을 가리키며 말했다.

"다들 밖으로 나가. 몇 대씩 쥐어터지면 그때는 함부로 입을 놀리지 못하겠지."

"굳이 나갈 필요가 어디 있을까?"

오곤이 말했다. 동시에 그의 몸이 허공을 가르며 뚱보 주인을 향해 쏟아졌다.

그때였다.

"너 이 자식!"

뚱보 주인, 저귀가 크게 소리쳤다.

"탁자나 의자를 부수면 진짜로 죽을 줄 알아!"

第七章
죽은 제갈량이 산 사마의를 잡는다

"자하야!"

제갈원은 쏟아지는 폭우를 우러르며 소리쳤다.

"내가 왔다! 너를 보러 내가 왔다!"

암흑장천의 하늘이 새파란 섬광으로 번쩍이는가 싶더니 이내 천둥이 크게 울렸다. 정정은 깜짝 놀라 제갈원의 소매를 잡으며 말했다.

"날씨가 험합니다. 이제 안으로 들어가시죠."

"무슨 소리냐? 자하가 나를 찾아왔는데 내가 왜 들어간다는 말이냐?"

제갈원은 미친 사람처럼 소리쳤다.

1. 믿을 수 없는 일

사실 연중 이백 일 이상 비가 오거나 안개가 끼는 천자산이었다. 그러니 이날처럼 쏟아지는 비가 전혀 이상할 일이아니었다. 하지만 이상한 일이 그 쏟아지는 폭우 속에서 일어나고 있었다.

그것은 일반 사람들이라면 도저히 믿지 못할 일이었다. 사실 제갈원도 처음에는 믿지 않았으니까.

*   *   *

번쩍! 꽈르릉!

번개가 치고 천둥이 울렸다. 폭우가 쏟아지는 가운데 빗소리가 요란했다.

천둥이 칠 때마다 시녀들이 움찔 놀랐다. 그중 한 명은 아예 겁에 잔뜩 질려 사색이 된 채 오들오들 떨고 있었다. 며칠 전 이곳에 처음 배당된 어린 시녀였다.

제갈원은 창가로 차탁을 끌어다 앉은 채 멍한 눈빛으로 창밖을 바라보았다. 이 년 가까운 세월 동안 변함없는 자세와 눈빛이었다. 새파란 섬광이 일면서 제갈원의 마른 얼굴을 흉측하게 비춰 주었다.

꽈꽈쾅!

다시 천둥이 울렸다.

"꺄악!"

비명이 쏟아지며 방 안에 대기하고 있던 시녀들 중 하나가 그 자리에 쓰러졌다. 예의 그 어린 시녀였다. 시녀들이 깜짝 놀라 그녀를 부축해 일으켰다. 새파랗게 질린 얼굴의 그녀는 눈물을 흘리며 어쩔 줄을 몰라 했다.

그 소란 때문이었을까.

세상 모든 일에 무관심할 것 같던 제갈원이 한숨을 쉬며 입을 열었다.

"왜 이리 시끄럽느냐?"

시녀들은 망설였다. 어린 시녀가 흐느끼는 소리만이 들려왔다.

제갈원이 가볍게 눈살을 찌푸렸다.

"데리고 나가라."

"죄송합니다, 소가주."

시녀들은 고개를 조아리며 잘못을 빌었다. 그중 한 명이 어린 시녀를 끌고 밖으로 나가며 타박을 주었다.

"귀신은 없는 거라니까, 왜 자꾸 그러는데?"

낮은 목소리였지만 제갈원이 듣지 못할 리가 없었다. 제갈원은 처음으로 흥미가 생긴 듯 말했다.

"잠깐만 기다리거라."

시녀들이 멈춰 섰다.

"그 아이를 이리로 데려 오너라."

시녀들은 서로의 얼굴을 바라보며 머뭇거리다가 조심스레 그녀와 함께 제갈원에게 다가갔다.

제갈원은 어린 시녀를 바라보았다. 그녀는 감히 얼굴조차 들지 못한 채 눈물을 흘리고 있었다.

바로 그때, 다시 번개가 번쩍이고 천둥이 쳤다. 그녀는 제갈원의 앞이라는 사실도 잊은 듯 비명을 내지르며 그 자리에 주저앉았다. 치마가 축축해진 것이 오줌이라도 지린 모양이었다.

"죄, 죄송합니다."

그 당황스러운 상황에 놀란 다른 시녀들이 어쩔 줄을 몰라 하며 그녀를 데리고 나가려 했다.

"가만있어 봐라."

제갈원이 입을 열었다.

"네 이름이 뭐지?"

어린 시녀는 눈물 콧물을 흘리며 힘들게 입을 열었다.

"계화(桂花)라고 합니다."

"계화… 좋은 이름이구나."

제갈원은 다독이듯 그리 말하며 어린 시녀를 더욱 가까이 불렀다.

그녀는 어찌할 바를 몰라하며 다가왔다. 제갈원이 조금 더 부드러운 어조로 물었다.

"그래, 귀신이라니?"

일순 계화가 다시 부들부들 떨었다. 마치 눈앞에 귀신이라도 나타난 듯, 그녀의 얼굴이 새파랗게 질렸다.

제갈원은 손을 뻗어 그녀의 맥문을 쥐었다. 그리고 자신의 내력을 천천히 불어넣어서 그녀의 기가 흔들리지 않도록 도와주었다.

계화의 안색이 천천히 좋아지기 시작했다.

제갈원이 다시 말했다.

"귀신이 나타난다 하더라도 무서워 마라. 내가 너를 지켜줄 테니까 말이다."

"가, 감사합니다."

계화는 고개를 숙였다.

"그럼 이제 말해보라. 귀신이 어쨌다는 것이냐?"

제갈원의 물음에 그녀는 조금 그의 눈치를 살피다가 힘겹게 입을 열었다.

"그러니까… 귀신이 나옵니다."

다른 시녀들이 나지막하게 한숨을 내쉬었다.

"응?"

혹시나 했던 제갈원도 어이가 없다는 표정을 지었다. 그러자 계화는 절실한 얼굴로 말했다.

"저, 저만 본 게 아닙니다. 다른 아이들도 보았답니다. 요즘 그래서 밤에 잠을 이루지 못하는 아이들이 많습니다."

"그게 무슨 소리지?"

제갈원은 다른 시녀에게 물었다. 시녀들 중 나이가 제일 많으며 또한 무공이 강한 정정(淨淨)이 계화에게 눈을 흘리면서 입을 열었다.

"요 이삼 일 전부터 갑자기 귀신이 나타난다고 하는 아이들이 있습니다. 또 몇몇 하인도 세가 밖으로 나갔다가 그 귀신을 봤다고 합니다. 그래서 요즘 세가가 술렁거리고 있습니다."

"귀신이라……."

제갈원은 잠시 생각하다가 빙그레 미소를 지으며 계화에게 물었다.

"그래, 어떤 귀신이더냐? 처녀 귀신이더냐, 아니면 총각 귀신이더냐?"

"그, 그게……."

계화는 우물쭈물했다. 정정도 그녀를 향해 눈을 흘겼다. 일순 제갈원의 표정이 기이하게 변했다.

'이것들이 뭔가 내게 숨기는 게 있구나.'

느낌이 온 것이다.

제갈원은 서릿발과 같은 목소리로 말했다.

"허어, 내가 묻는데 대답하지 않을 게냐!"

일순 계화가 벌벌 떨면서 입을 열었다.

"그게… 소, 소녀는 잘 모르는데… 다른 사람들 말에 따르자면……."

"계화야!"

정정이 나지막하게 꾸짖었다. 그리고는 황급히 머리를 조아리며 제갈원에게 말했다.

"미천한 것들이 헛것을 보고 하는 소리입니다. 그러니 괘념치 말아 주셨으면……."

"허어, 나를 무시하는 게냐?"

제갈원이 눈을 부라렸다.

요 몇 년 동안 잠잠해 있던 그의 성격이 튀어나오고 있었다. 성에 차지 않으면 계집종이라 하더라도 가만 놔두지 않는 그가 아니었던가.

무적가에서 오래 생활한 정정은 그가 어떤 인물인지 잘 알고 있었다.

그래서였다.

"그러니까……."

그녀는 어쩔 도리가 없다는 듯이 속으로 한숨을 쉬며 말했다.

"자하… 아가씨의 귀신이 나온답니다."

일순 제갈원의 얼굴이 딱딱하게 굳어졌다.

2. 귀신이 온다

닷새째 계속해서 비가 내렸다. 불쾌할 정도로 습도는 높았고 온몸이 끈적거렸다.

하지만 어필봉 꼭대기에 세워진 무적가였다. 먹을 물도 길어오는 판인데 시녀들 목욕할 물이 넉넉하게 있을 리가 없었다. 그래서 계화는 비슷한 또래의 계집종들과 함께 세가 밖으로 나갔다.

"원숭이들이 가끔 나타나서 그렇지, 정말 물이 좋대."

"원숭이들이 아니라 못된 남정네들 아니야?"

"설마. 거긴 남자들은 절대 오지 못해. 가주께서 엄명을
내리셨거든."

"그러니까 원숭이 흉내를 내는 거라구."

"이런, 못된 계집애 같으니라구! 너 설마, 진짜로 원숭이
가 아니라 남정네들이 몰래 훔쳐보기를 원하는 거 아냐?"

계집들은 깔깔거리며 빗속을 걸어 산 중턱으로 향했다.
시녀들이라면 누구나 알고 있는 산중온천(山中溫泉)으로 향
하는 길이었다.

비는 쏟아지고 날은 어두웠다. 기름먹인 우산으로 등불
하나를 겨우 가린 채, 그녀들은 어두운 길을 따라 조심스레
걸었다.

그렇게 당도한 온천에서는 뜨거운 김이 모락모락 피어오
르고 있었다. 다섯 명의 계집은 황급히 옷을 벗어 한쪽에
모아두고 서둘러 온천으로 들어갔다. 온몸이 노곤해질 정
도로 따스하고 기분 좋은 물이었다.

그 안에서 계집들은 물장구도 치고 콧노래도 흥얼거렸
다. 그러나 그것도 잠시, 계집 중 한 명이 깜짝 놀라며 뒤를
돌아보았다.

"왜? 원숭이야?"

"아니면 원숭이를 가장한 남정네?"

다른 계집들이 깔깔거리며 웃었다. 하지만 정작 그 계집은 벌벌 떨며 주위를 둘러보고 있었다.

"그 소리 못 들었어, 너희는?"

"무슨 소리?"

"그러니까… 저 소리!"

계집은 귀를 막으며 소리쳤다. 다른 계집들은 고개를 갸우뚱거리며 귀를 기울였다. 빗소리가 울리는 가운데 멀리서 소리가 들려오고 있었다. 일순 그녀들의 안색이 새파랗게 질리고 말았다.

그 희미하게 들려오는 소리는 말 그대로 귀신의 호곡성(號哭聲)이었던 것이다.

게다가 소리는 점점 더 가까워지고 있었다. 계집들은 잔뜩 겁에 질려서 알몸으로 서로를 부둥켜안았다. 이가 부딪치는 소리가 다닥다닥 들려왔다.

그중 용감한 한 명이 소리쳤다.

"귀신이면… 물러가고 사람이면… 신분을 밝혀라!"

부들부들 떨리는 목소리. 그 사이로 흐느끼는 여인의 귀곡성이 들려왔다.

"나리… 나리……."

계집종들은 심장이 떨려 그대로 기절할 것만 같았다. 아니 기절하는 게 차라리 나을 것 같았다. 하지만 이럴 때는 제 마음대로 기절할 수도 없었다. 그녀들은 눈을 꼭 감고 서로를 부둥켜안았다.

무엇인가가 점점 더 다가오고 있었다.

비명을 지를 수도 고함칠 수도 없었다. 도망갈 엄두는 더더욱 나지 않았다. 그저 겁에 잔뜩 질린 채로, 이 순간이 지나가기만을 기다리고 또 기다릴 뿐이었다.

'어서 빨리 가요. 사라져요.'

계화도 속으로 빌고 또 빌었다.

그게 도움이 된 것일까.

어느 순간, 호곡성이 사라지고 기척도 느껴지지 않았다. 계화는 안도의 한숨을 쉬며 눈을 떴다.

"갔나 봐."

그녀의 말에 다른 계집들도 눈을 뜨며 숨을 몰아쉬었다.

그때, 계화의 정면에 앉아 있던 계집이 입을 떡 벌리며 눈을 크게 뜨는 것이었다. 심장이 그녀의 목구멍 밖으로 튀어나올 것만 같은 표정이었다.

계화는 직감했다. 그리고 절대 고개를 돌리면 안 된다는 것을 인지했다.

하지만 그것은 본능이었다. 절대 보면 안 된다는 사실을 뻔히 알면서도 그녀는 어쩔 수 없이 고개를 돌려야만 했다.
그리고 결국 보아야만 했다.

자신의 등 뒤에 앉아서 자신을 쳐다보고 있는 귀신의 얼굴을……

일순 그녀는 정신을 잃었다.

*　　　*　　　*

계화의 이야기가 끝났다.

제갈원은 저도 모르게 마른침을 삼켰다.

'나리라고……?'

그랬다.

죽은 자하는 그에게 나리라고 불렀다. 소가주도, 가주도 아닌 나리.

그가 자하를 부르면 그녀는 늘 "네, 나리." 하고 대답했다. 그 달콤하면서 부드러운 목소리가 아직도 그의 귓가에 생생하게 들려왔다.

"그녀의 얼굴이 어떠하더냐?"

제갈원이 물었다.

계화는 떠올리기조차 끔찍하다는 듯이 울상을 지었다. 하지만 소가주의 엄명이었으니 어쩔 도리가 없었다. 그녀는 울먹거리며 자신이 보았던 귀신의 얼굴에 대해서 설명할 수밖에 없었다.

"핏기 한 점 없는… 얼굴이었어요. 입가에는 선혈이 흐르고 있었구요. 그리고 너무나 아름다워서… 도저히 사람이라고는 생각할 수가 없었어요."

그녀는 더듬거리며 그때의 기억을 되살려 말했다. 그녀의 말을 들을수록 제갈원의 얼굴이 점점 더 굳어졌다. 확실히 자하였다. 자하의 귀신이었다.

그것은 실로 믿을 수 없는 일이었다. 귀신이라니, 그것도 자하의 귀신이라니.

제갈원은 서둘러 정정을 돌아보았다.

"이 아이는 자하에 대해서 알지 못하는가?"

정정은 고개를 숙인 채 말했다.

"네, 이 년 전에 세가로 들어온 까닭에 자하 아가씨에 대해서는 전혀 알지 못합니다."

그런데도 자하의 얼굴에 대해 그럴 듯하게 설명하고 있는 계화였다.

제갈원의 등골을 타고 소름이 쫘악 퍼졌다.

"그 귀신을 본 다른 자는 없느냐?"

제갈원은 침을 삼키며 물었다.

"여기에는 그녀밖에 없습니다."

정정이 대답했다. 제갈원은 눈살을 찌푸리며 말했다.

"지금 당장 그 귀신을 본 사람들을 모조리 데려와라. 한 명도 빼놓지 말고 말이다."

정정은 속으로 한숨을 쉬며 대답했다.

"알겠습니다, 소가주."

3. 계략

자하의 귀신을 본 사람은 열 명이 넘었다.

계화를 포함한 그 다섯 명의 계집종을 제외하고도 무려 일곱 명이나 되는 남녀노소의 하인들이 분명히 그 귀신을 보았다고 증언했다.

그중 자하와 친하게 지냈던 늙은 하인은 눈물까지 흘리면서 말했다.

"자하 아가씨였습니다. 쇤네가 어찌 그 얼굴을 잊을 수 있겠습니까? 그 먼 곳에서 고혼(孤魂)이 되었으면서도 나리를 찾아 이곳 천자산까지 오신 겁니다."

소름이 돋는 말이었다. 제갈원의 처소에 모인 사람들 모두 온몸을 부르르 떨었다.

멀리서 천둥이 치는 소리가 들려왔다. 마음 약한 이들은 제대로 서 있을 수 없을 정도로 놀라고 겁에 질렸다.

하지만 제갈원의 가슴은 두근거리고 있었다.

'나를 찾아왔구나, 자하.'

그렇게 생각하자 가슴이 아파서 견딜 수가 없었다.

보고 싶었다.

만나고 싶었다.

비록 귀신이 된 그녀였지만 껴안고 위로해 주고 싶었다. 넋이라도 달래 주고 싶었다. 아니, 다른 것들은 다 위선에 가까웠다. 그저 단 한 번만이라도 그녀의 얼굴을 다시 한 번 보고 싶은 그였다.

그는 자리에서 벌떡 일어났다.

"어디를 가면 만날 수 있는 게냐?"

제갈원은 사람들을 둘러보며 물었다.

자하의 귀신은 어필봉 곳곳에서 모습을 드러냈다. 심지어는 같은 시각 서로 다른 장소에서 그녀를 보았다고 말하는 이들조차 있었다.

늙은 하인의 말처럼 마치 그녀의 귀신은 제갈원을 찾아 이리저리 방황하고 있는 것만 같았다.

'그렇게나 내가 보고 싶었던 게냐?'

제갈원은 가슴이 미어질 것만 같았다.

사실 일반 사람들이라면 공포에 젖어 미칠 법한 상황이었지만 제갈원은 달랐다. 아무래도 그는 무림인이었고 무엇보다 자하를 끔찍하게 사랑하고 있었으니, 설령 자하의 귀신이라 하더라도 두려울 게 없는 것이다. 외려 더 만나보고 싶은 게 당연한 일이었다.

"가겠다."

제갈원은 서둘러 밖으로 나가려 했다. 하지만 정정이 그의 앞을 가로막았다. 제갈원의 눈꼬리가 사납게 휘어졌다. 정정은 재빨리 고개를 숙이며 말했다.

"날씨가 험하고 밤이 깊었습니다."

제갈원이 답답하다는 듯이 말했다.

"그러니까 더 그녀를 만날 확률이 높지 않더냐?"

"하지만 위험합니다."

"뭐가 위험해? 귀신이?"

정정은 막상 대꾸할 말이 떠오르지 않았다.

그녀는 귀신을 믿지 않았다. 귀신이란, 정신력이 약한 자들이 헛것을 보고 만들어낸 결과물이라고 생각하고 있었다. 그러니 귀신 따위가 위험할 리가 없었다.

그녀는 곧 한숨을 쉬며 말했다.

"소녀가 모시겠습니다. 대신 조금만 시간을 주십시오. 사람들을 돌려보내고 또 소가주께서 밖으로 나갈 준비를 해야 하니까요."

"알겠다."

제갈원은 그녀를 노려보며 말했다.

"방해만 하지 않으면 상관없다."

"그럼."

정정은 사람들을 돌려보내면서 그들에게 오늘밤의 일은 결코 입 밖에 내지 말라고 신신당부했다.

만약 무적가의 소가주가 한밤중에 귀신을 만나기 위해 밖을 돌아다녔다는 소문이 퍼지기라도 한다면… 세인(世人) 들로부터 미친놈이라는 손가락질을 피할 수 없을 것이다.

그러니 오늘 일은 아무도 몰라야 했다. 또 그래서 이 밤 나들이를 수행하는 이의 숫자도 최대한 적어야 했다. 정정이 오직 혼자서 제갈원을 보필하려 한 이유가 바로 거기에 있었다.

정정은 정신없이 움직였다. 사람들을 돌려보내고 우의와 우산, 그리고 등롱(燈籠)까지 준비해야 했다. 그동안 제갈원은 초조한 듯 방 안을 이리저리 서성이고 있었다.

"도대체 왜 이리 늦는 게냐?"

제갈원은 혼자서라도 세가를 빠져나갈 것처럼 안달하다가 등롱을 들고 돌아온 정정을 향해 나무랐다. 정정은 서둘러 제갈원에게 우의를 입힌 후 앞장서서 세가를 나섰다.

문을 지키던 무사들이 제갈원을 보고는 깜짝 놀라 허리를 숙였다. 근 이 년 만의 외출이니 놀라지 않을 수가 없는 것이다.

정정은 그들에게 다가가 입단속을 주문한 후, 다시 제갈원의 앞길에 등롱을 밝혔다.

제갈원은 나는 듯이 걸었다. 귀신이 나온다는 온천을 찾았고, 또 물을 길어오는 계곡을 돌아다니기도 했다.

하지만 그 어디에서고 귀신의 모습은 찾을 수가 없었다.

"자하야!"

제갈원은 쏟아지는 폭우를 우러르며 소리쳤다.

"어디 있느냐, 자하야!"

그는 절실함을 담아 외치고 또 외쳤다.

"내가 왔다! 너를 보러 내가 왔다!"

암흑장천의 하늘이 새파란 섬광으로 번쩍이는가 싶더니 이내 천둥이 크게 울렸다. 정정은 깜짝 놀라 제갈원의 소매를 잡으며 말했다.

"날씨가 험합니다. 이제 안으로 들어가시죠."

"무슨 소리냐? 자하가 나를 찾아왔는데 내가 왜 들어간다는 말이냐?"

제갈원은 미친 사람처럼 소리쳤다.

정정은 고개를 내저었다. 확실히 지금 제갈원은 미친 사람처럼 보였다.

기름 먹인 우산도 쓰지 않은 채, 쏟아지는 폭우에 흠뻑 젖은 채, 세찬 바람에 옷자락을 펄럭이면서 그는 연신 두 눈을 부라리며 사방을 둘러보고 있었다.

바로 그때였다. 제갈원의 눈빛이 새파랗게 빛났다.

"들었느냐?"

"네?"

정정의 눈이 휘둥그레졌다. 제갈원은 산중턱을 노려보면서 말했다.

"분명 지금 나를 부르는 소리가 들렸다. 너는 들었느냐?"

정정은 귀를 기울였다.

하지만 우웅! 울리는 바람과 거칠게 내려붓는 폭우 소리 이외에는 아무런 소리도 들리지 않았다.

하지만 그때, 정정의 눈이 들고 있던 등롱만큼 커졌다.

"저건?"

그녀는 저도 모르게 제갈원이 노려보고 있는 산 중턱을 가리키며 말했다.

그곳에는 새파란 불꽃이 하늘거리고 있었다. 용암마저 꺼뜨릴 정도로 세찬 폭우가 쏟아지고 있는데, 겨우 손톱만한 불꽃이 춤추듯 이리저리 움직이며 깜빡거리고 있었다.

인화(燐火), 인혼(人魂)인 게다. 말 그대로 도깨비불인 것이다. 그 도깨비불은 마치 사람이 손짓을 하는 것처럼 움직이고 있었다.

"자하, 네가 거기에 있었구나!"

제갈원이 감격하여 소리쳤다. 그리고는 신법을 발휘하여 단숨에 십여 장이나 날아갔다. 정정은 깜짝 놀라 전력으로 질주했다.

하지만 상대는 무적가의 소가주다. 그녀가 전력을 기울인다고 해서 뒤쫓을 수 있는 사람이 아니었다.

결국 그들의 간격은 점점 더 벌어져서, 정정이 그 도깨비불이 있던 지점에 이르렀을 때는 이미 제갈원의 모습은 어디에서고 찾을 수가 없게 되었다. 물론 도깨비불도 보이지 않았다.

"이것 참!"

정정은 발을 구르며 주위를 둘러보았다. 문득 그녀의 눈빛이 반짝였다. 저 멀리 새파란 불빛이 흐느적거리며 춤을 추는 게 보였던 것이다.

'소가주께서도 저 불빛을 따라 가셨겠지?'

그녀는 또다시 그 불빛을 향해 달려갔다. 하지만 가서 보면 또 멀리 가 있고 또 가서 보면 또 그만큼 멀리 가 있는 게 도깨비불빛이었다.

그렇게 도깨비불을 따라 달려가는 와중에 정정은 그만 자신이 있는 곳이 어디 즈음인지 종잡을 수 없게 되었다.

사방은 칠흑처럼 어두웠고 손톱만 한 빗방울들이 거세게

내리붓는 한밤중이었다. 천자산은 광활했으며 그곳에서 십수 년을 살아온 정정조차 한 번도 들어서본 적이 없는 곳이 수두룩했다.

이 한밤중, 정신없이 도깨비불을 쫓다가 그런 곳에 발을 디뎠으니 아무리 정정이라 하더라도 어디가 어디인지 도통 알 수 없게 되는 게 당연했다.

그녀는 신중하게 걷기 시작했다.

겁은 나지 않았다. 귀신 따위가 있을 리가 없었다. 인혼(人魂)이라고 해서 진짜 사람의 혼일 리도 없었다. 그저 반딧불이나, 혹은 오래된 뼈의 특별한 성분이 바람에 휘날리는 것에 지나지 않는 거라고 그녀는 생각했다.

'그걸 사람들이 인혼이라고 착각할 뿐이지.'

정정은 침착하게 생각하며 등롱으로 주변을 밝히면서 걸었다. 그런 그녀가 저도 모르게 걸음을 멈춘 것은 바로 등 뒤에서 들려오는 소리 때문이었다.

"나리… 나리……."

그것은 쇳소리와 같았고 또 누군가 처절하게 흐느끼는 소리와도 같았다.

그 소리를 듣는 순간 정정은 머리카락이 쭈뼛 서고 온몸에 소름이 돋았다. 태어나서 처음으로 귀신이 무섭다고 생각되는 순간이었다.

그녀가 들고 있던 등롱이 부들부들 떨렸다. 문득 계화의 이야기가 떠올랐다.

"뒤돌아보면 안 된다는 걸 알고 있었어요. 하지만 어쩔 수가 없었어요. 뒤를 돌아볼 수밖에 없었어요. 그건 제 의지로 막거나 거부할 수 있는 일이 아니었어요."

정정도 마찬가지였다.

그녀는 뒤돌아보면 안 된다는 걸 알면서도 어쩔 수 없이 천천히 몸을 돌려야만 했다.

그리고 다음 순간, 바로 그녀의 코앞에 있는 창백한 여인의 얼굴을 보고는 저도 모르게 비명을 내지르고 말았다.

동시에 그녀는 마구잡이로 일장을 휘둘렀다. 그녀의 손이 정확하게 귀신의 가슴을 가격했다.

물컹! 뭔가 잡히는 기분이 들었다.

정정의 표정이 급변했다.

'사람?'

하지만 그녀는 더 이상 생각할 수가 없었다. 귀신은 그녀가 정신이 없는 틈을 타서 어느새 손을 뻗어 정정의 마혈을 짚었고, 그녀는 그 자리에 무너지듯 쓰러져야만 했다.

그렇게 땅바닥에 뒹굴고 나서야 비로소 그녀는 귀신의

발이 있다는 사실을, 그리고 그 발이 사내의 가죽신발을 신고 있다는 사실도 알 수 있었다.

"하마터면 크게 다칠 뻔했네."

귀신은 가발을 벗으며 한숨을 내쉬었다.

바닥에 쓰러진 정정은 그제야 귀신이 사람이었다는 것을, 그것도 덩치가 제법 큰 사내라는 사실을 알 수 있었다. 그 사내는 정정을 자신의 어깨에 들쳐 업으며 중얼거렸다.

"죽이지는 않으마. 단지 담 형님의 일이 끝날 때까지만 그렇게 조용히 있으면 된다."

담 형님?

일순 정정의 뇌리에 한 사람의 이름이 떠올랐다.

'서, 설마… 담우천?'

정정은 담우천이 누구인지 익히 알고 있었다. 그리고 그 이름을 떠올리는 순간 그녀의 안색이 급변했다.

함정이었다.

그것도 아주 지독한 함정. 소가주라면 절대 빠져나올 수 없는 계략이었다.

'어서 그 사실을 소가주에게, 아니, 세가 사람들에게 알려야 해!'

하지만 그녀는 말을 할 수도, 움직일 수도 없었다. 그저 멧돼지 같은 사내의 어깨에 업힌 채로 그가 중얼거리는 소리를 묵묵히 듣고 있을 수밖에 없었다.

"죽은 제갈량이 산 사마의를 잡는다는 계획을 세웠을 때… 형님은 흔쾌히 수락하셨지. 속으로는 꽤나 아프셨을 텐데 말이야. 어쨌든 죽은 형수를 귀신으로 만들어 제갈원을 끌어내는 거니가 말이지."

사내, 강만리는 정정을 업은 채 숲 안쪽으로 깊숙이 들어가면서 중얼거렸다.

"게다가 십삼매가 선뜻 귀신 역할을 하겠다고 자처한 것도 놀라운 일이고. 다른 사람은 몰라도 제갈원을 속이려면… 역시 십삼매밖에 없으니까."

십삼매?

마혈에 제압당한 정정의 눈빛이 반짝였다.

십삼매, 반드시 기억해둘 이름이었다. 행여 소가주에게 무슨 일이 생기기라도 하면… 바로 그 이름을 찾아서 복수해야 하므로.

'제발 눈치채시기를…….'

하지만 지금의 정정은 그렇게 기도할 수밖에 없었다. 그렇게 기도하는 그녀의 시야에 문득 멀리서 도깨비불이 일렁이는 게 희미하게 보였다.

第八章
죽음의 그림자

밖은 여전히 비가 퍼붓고 있었지만 외려 그 비가 너무나도 시원하게 느껴질 정도였다.

열혈태세는 길게 한숨을 내쉬었다.

귀신이 아니라 괴물이 살고 있었다, 유주에는.

1. 빌어먹을

"빌어먹을……."

이매청풍은 뒤를 힐끗 돌아보았다.

자신을 쫓고 있는 서너 명의 무인이 보였다. 이매청풍이 전력을 다해 도주하고 있음에도 불구하고 더 이상 거리가 벌어지지 않는 걸 보면 저들의 실력이 최소한 그 못지않음을 알 수 있었다.

'아니, 최소한 나보다 강할지도…….'

추격자들 중에서 경신술이 뒤처지는 자들은 이미 떨쳐낸 지 오래였다.

지금 이매청풍을 뒤쫓고 있는 자들은 나머지 추격자들,

경신술에 관한 한 나름대로 자부심을 갖고 있는 이매청풍이 도저히 격차를 벌이지 못할 정도의 실력을 지닌 자들이었다.

'도대체 황계에는 얼마나 많은 고수가 있는 거야?'

이매청풍은 자신의 뒤를 쫓는 이들이 황계의 인물들임을 알고 있었다. 그가 만월망량과 더불어 몰래 잠입했던 집은 다름 아닌 황계의 계주, 십삼매의 거처였으므로.

'반년 가까이 황계의 지부 곳곳을 돌아다녔지만 아무것도 얻어내지 못했다.'

이매청풍과 만월망량이 아무런 단서를 얻지도 못한 채 그렇게 헤매고 있을 때, 십삼매가 수하들을 이끌고 천자산으로 향한 건 천운이었다. 이매망량은 그녀를 보필하던 대부분의 고수가 성도부를 떠난 이상, 자신들을 막을 사람은 아무도 없다고 생각했다.

그래서 은밀하게 잠입한 건데, 또 극적으로 증거를 확보했는데… 마치 기다렸다는 듯이 그녀의 수하들이 나타난 것이다. 그것도 자신들을 뛰어넘는 실력을 가진 자들이.

물론 이매망량은 그들이 십삼매의 직속 수하가 아니라는 것을 알지 못했다.

또한 그들이 백팔보교위(百八保敎衛)의 수장급 고수들이라는 사실도 알 리가 없었다. 그들이 동물의 이름을 빗댄 별명을 지니고 있다는 사실 또한 전혀 모르고 있었다.

그저 이매망량은 저들의 추격을 피해, 서로 약속되어 있는 장소까지 달려가기 위해 전력으로 경신술을 발휘하고 있었을 뿐이었다.

두 개의 지붕을 한 번에 뛰어넘고 다시 담벼락을 타고 달렸다. 이매청풍은 꺾어지는 골목길에서 크게 도약하며 장원의 지붕 위로 날아가 안착한 후, 곧바로 방향을 틀어 왼쪽으로 몸을 날렸다.

어둠 속에서 그를 쫓고 있는 자들의 모습이 희미하게 보였다. 그들은 조금 전 이매청풍이 날아올랐던 장원의 지붕에 당도했다.

"이런……."

추격자 중 한 명, 웃는 매—소응이라는 별명을 가진 사내가 눈살을 찌푸렸다.

달빛도 없는 암흑천지, 보슬비까지 내리고 있는 상황에서 놈은 흑의경장을 입고 내달리고 있었다. 아차, 하는 순간에 놈이 도주한 방향을 놓친 것이다.

"저쪽으로 갔어."

꿈꾸는 뱀, 몽사라는 별호를 지닌 여인이 서쪽을 가리키며 말했다.

"역시 몽사다. 놓치지 않았구나."

소응이 고개를 끄덕이더니 휘익! 휘파람을 불면서 곧장 그쪽 방향으로 날아올랐다. 몽사와 다른 두 명의 그의 뒤를 쫓았다.

소응의 휘파람 소리는 밤하늘을 뚫고 멀리까지 퍼졌다. 이매청풍을 쫓다가 뒤쳐져진 무사들은 그 휘파람 소리로 방향과 위치를 감지하고 따라올 것이다.

"대단하군."

지붕 왼쪽 끝 처마 밑에 숨어 있던 이매청풍이 지붕 위로 올라서며 중얼거렸다.

서쪽으로 도주하는 것처럼 하면서 재빨리 처마 밑으로 몸을 숨겼는데, 정말 다행이었다. 그 몽사라는 계집이 거기 까지는 눈치채지 못한 것이다.

이매청풍은 잠시 그곳에 주저앉아서 한숨을 돌리며 동정을 살폈다. 기척은 느껴지지 않았다. 다들 그의 속임수에 넘어가 엉뚱한 곳으로 달려간 것이다.

이매청풍은 다시 한 번 주위를 살핀 후 동쪽 방향으로 질주했다. 그의 모습은 이내 어둠 속으로 사라졌다.

그리고 얼마 지나지 않아서였다. 네 명의 그림자가 어둠 속에서 모습을 드러냈다. 이매청풍의 속임수에 당한 채 서쪽 방향으로 달려갔던 몽사와 소응들이었다.

"제대로 속아 넘어갔군."

그들은 이매청풍이 사라진 방향을 바라보며 말했다.

"그럼 이제 누구에게 가는지 뒤쫓기만 하면 되겠네."

"다른 쪽은?"

"루호께서 직접 가셨으니까."

"그렇다면 거긴 해결되었다고 봐도 무방하겠네."

그들은 잠시 대화를 나누다가 고개를 끄덕였다. 그리고는 조금 전 이매청풍이 사라졌던 방향으로 몸을 날렸다.

이매청풍은 지붕과 지붕을 타고 넘으며 순식간에 성도부 동쪽 외곽 지역으로 달려 나갔다.

그곳에는 만월망량과 사전에 약속해 두었던 공자묘(孔子廟)가 있었다. 그들은 혹시 헤어지거나 급박한 일이 생겼을 경우 그곳에서 서로를 기다리기로 약속해 두었다.

공자묘의 부근에 당도한 이매청풍은 주위를 둘러보았다. 외진 곳이라 인적이 드물기도 했거니와 한밤중인 까닭에 오가는 인기척은 전혀 없었다. 물론 공자묘 안에서도 사람의 기척은 느껴지지 않았다.

이매청풍은 천천히, 조심스럽게 발길을 놀려 공자묘 쪽으로 향했다. 그는 안으로 들어가는 대신 몸을 훌쩍 날려 지붕 꼭대기에 오른 뒤 그곳에 몸을 눕혔다.

비가 부슬부슬 내리고 있는 가운데, 그는 눈을 지그시 감고 상념에 젖었다.

'한시라도 빨리 책자를 대장에게 전해 줘야 한다. 그리고 십삼매가 어떤 짓을 했는지 황계가 어떤 일을 꾸몄는지 알려줘야 한다.'

그러기 위해서는 무엇보다 먼저 놈들의 추격을 완벽하게 따돌려야 했다. 또 만월망량이 그들에게 붙잡히지 않은 채 이곳으로 와야 했다. 그들이 반으로 나뉘어진 책자를 하나로 만들기 위해서는 반드시 두 사람 모두가 필요했다.

'하지만……'

이미 이매청풍은 책 내용을 읽은 후였다. 그러니 사실 책을 하나로 만들 필요도 없었고 또 이렇게 만월망량을 기다릴 이유도 없었다. 그 홀로 도망쳐서 담우천에게 알려주기만 하면 되는 일이었다.

그러나 이매청풍은 그렇게 하지 않았다. 이매청풍과 만월망량은 둘이면서 하나였으니까. 괜히 그들이 이매망량이라는 별명으로 불리는 게 아니었으니까.

'일각만 더 기다리자. 그때도 오지 않으면……'

이매청풍은 입술을 깨물었다. 차가운 빗물이 그의 얼굴을 투투툭, 내리치고 있었다.

'나 혼자 형님을 만나러 가야지.'

그전에 이곳으로 와야 한다, 친구.

                    *   *   *

"빌어먹을."

만월망량은 저도 모르게 욕설을 내뱉었다. 이매청풍과 만나기로 약속된 공자묘까지 불과 일각의 거리. 이곳까지 제대로 도망쳤다고 생각했는데 그게 아니었던 것이다.

그는 사냥감이 몰이를 당하듯이, 미리 대기하고 있던 추격자들의 포위망 안으로 뛰어들었던 것이다. 십여 명의 무사들이 만월망량을 에워싼 가운데, 한 사내가 팔짱을 낀 채 서 있었다.

만월망량은 사내를 바라보았다.

십삼매의 집에서 본 적이 있는 사내였다. 각진 얼굴에 무심한 눈빛을 지닌, 어딘지 모르게 담우천의 냄새가 나는 자였다. 허 노야가 루호라고 불렀던, 눈물 흘리는 호랑이라는 별명을 지닌 사내.

그 사내가 말했다.

"너무 늦게 왔잖은가? 예서 반각이나 기다렸네."

만월망량은 허리를 낮췄다. 언제든지 도주할 태세를 취하면서 그는 입을 열었다.

"내 동료는?"

사내는 어깨를 으쓱거리며 말했다.

"죽었네."

만월망량의 얼굴이 일그러졌다. 사내는 피식 웃으며 말했다.

"농담이네."

만월망량의 눈에 살기가 스며들었다. 사내는 마음에 든다는 듯이 고개를 끄덕이며 말했다.

"그렇지. 그렇게 동료를 제 목숨처럼 아껴야 제대로 된 사내지. 마음에 드네."

만월망량은 은밀하게 내공을 끌어 모았다.

사내를 기습적으로 공격하면 주변 무사들이 움직일 것이다.

하지만 사내를 공격하는 건 허초, 그 틈을 타서 곧 바로 몸을 빼낸다면 이 포위망을 무너뜨릴 수 있을 것이다.

만월망량은 그렇게 생각하면서 사내의 말에 귀를 기울이는 척했다. 사내는 어깨를 으쓱거리며 말을 이어나갔다.

"하지만 아쉬운걸. 둘 중 한 명은 살려둘 필요가 없는데… 그게 자네가 되어버렸거든. 그나마 다행인가? 자네가 죽음으로 인해서 자네의 동료는 살아서 도망칠 수 있게 된 셈이니까."

그렇구나.

만월망량은 사내가 하는 말의 속뜻을 짐작할 수가 있었
다. 이매청풍을 살려주되, 끝까지 추격하겠다는 뜻이었다.
그래서 이매청풍이 누구와 접선을 하는지 알아낸 다음 한
꺼번에 모조리 죽이겠다는 의미였다.

그런 속셈이 있었기에, 사내는 지금 만월망량의 정체나
목적에 대해서 아무런 질문도 하지 않고 있었다. 또 그런
질문에 제대로 된 대답을 듣지 못할 것이라는 사실도 이미
알고 있었다.

"그럼 이제 슬슬……."

사내가 팔짱을 풀려고 하는 순간이었다. 만월망량이 전
력을 다해 그를 향해 덤벼들었다. 그의 막강한 장력(掌力)이
사내의 가슴을 향해 파고들었다.

'이 정도에서 놈들의 포위망이…….'

만월망량은 내력을 거둬들이면서 주위를 힐끗거렸다. 이
내 그의 얼굴에 당혹감이 떠올랐다. 예상과는 전혀 달리,
그를 에워싼 무사들이 단 한 걸음도 움직이지 않았던 것이
다.

"싸움을 걸어놓고 그렇게 집중하지 않으면 어떻게 하
나?"

사내, 루호가 빙긋 웃나 싶더니 만월망량의 턱을 향해 주
먹을 뻗었다. 호랑이의 앞발처럼 강렬한 기세가 만월망량

의 힘없는 장력을 정면으로 박살 내며 파고들었다.

만월망량의 얼굴에 죽음의 그림자가 드리워지는 순간이었다.

"빌어먹을……."

그는 저도 모르게 욕설을 퍼부었다.

2. 괴물이 살고 있었다

"빌어먹을……."

그의 얼굴에 죽음의 그림자가 드리워졌다. 하지만 그보다 더 큰 놀람과 불신, 경악의 표정이 그의 얼굴을 메우고 있었다.

믿을 수 없는 일이었다. 있을 수 없는 일이었다.

저깟 애송이에게 당하다니. 겨우 객잔 주인 따위의 주먹에 당하다니.

이미 사신 오곤은 전신의 뼈가 박살 나서 일어날 수도, 움직일 수도 없었다. 객잔 뚱보 주인의 주먹에 맞을 때마다 그의 뼈는 수수깡처럼 부러졌다.

그렇다고 막거나 피할 수도 없었다. 놈의 주먹은 섬전보다 빨랐으며 철퇴보다 강맹했다.

한 대 얻어맞은 것을 시작으로 사신 오곤은 피하지도, 막지도 못한 채 그저 오뉴월 개 맞듯이 얻어맞아야만 했다. 놈의 주먹이 어깨를 치면 어깨뼈가 박살 났고 놈의 주먹을 막기 위해 손을 뻗으면 손바닥의 뼈가 부러졌다.

결국 사신 오곤은 속수무책으로 놈의 주먹을 열두 방이나 얻어맞고는 그대로 바닥에 쓰러져야 했다. 그야말로 일방적인 싸움이었던 것이다.

도대체 저런 무지막지한 공격이, 그런 권법이 세상에 어디 있다는 말인가.

놈은 그저 되는 대로 주먹을 뻗고 휘두르고 내지를 뿐이었다. 초식도 투로도 없는, 말 그대로 시정잡배의 주먹질에 불과했다.

그런데도 주먹질이 너무 빠르다 보니, 그 주먹의 힘이 너무 강하다 보니 어쩔 도리가 없는 것이다. 그 시정잡배의 주먹질 앞에서 천하의 사신 오곤마저도 막거나 피하거나 도망칠 수가 없었다.

도대체 저 돼지 같은 뚱보 녀석은 누구란 말이냐!

"홍!"

뚱보 저귀는 대청 바닥에 널브러진 채 뼈 없는 동물처럼 흐느적거리는 사신 오곤을 내려다보다가 문득 코웃음을 치며 몸을 돌렸다. 더 이상 그에게 관심이 없다는 것이다.

입을 쩌억 벌린 채, 그 일방적인 공격을 지켜보고 있던 사람들은 저귀와 시선이 마주치자마자 사색이 되어 주춤주춤 뒤로 물러섰다.

"또 누가 맞을래?"

저귀는 주먹을 불끈 쥐며 물었다.

다들 일제히 도리질을 했다. 심지어 열혈태세마저 열심히 고개를 저었다.

"쳇."

저귀는 못마땅하다는 듯이 코웃음을 치고는 열혈태세를 향해 손바닥을 폈다. 열혈태세는 그게 무슨 뜻인지 몰라 멀뚱한 눈빛으로 저귀와 손바닥을 번갈아 바라보았다.

저귀가 싸늘하게 말했다.

"의자가 다섯 개, 탁자가 두 개 박살 났다. 거기에 술과 안주 값까지. 설마 떼먹을 심산은 아니겠지?"

"그, 그럴 리가요."

열혈태세는 저도 모르게 존댓말을 하면서 품에서 은원보를 꺼냈다. 그 순간 문득 이미 은원보 하나를 식대와 질문 값으로 지불했던 게 생각났다.

하지만 그는 감히 입을 열 생각조차 못하고 두 손으로 공손하게 은원보를 건넸다.

"모자라."

저귀는 인상을 찡그리며 말했다.

"내가 십 년 전에 힘들게 구한 목재로 직접 만든 것들이야. 하나하나가 골동품이라구. 그래서 내가 탁자 부수면 죽인다고 했잖아?"

그의 말에 열혈태세는 다시 품을 뒤졌다. 그리고 모자란 것 같은 액수를 맞추기 위해서 수하들을 둘러보며 눈짓을 했다. 뒤늦게 수하들이 전 재산을 꺼내 저귀의 앞에 놓았다. 은자와 은원보, 전표들이 수북하게 쌓였다.

저귀는 그래도 불만족스럽다는 듯한 표정을 지으며 한숨을 쉬었다.

하지만 곧 어쩔 수 없다는 듯이 어깨를 으쓱거리고는 손가락으로 문을 가리켰다.

"꺼져."

그는 으르렁거리듯 말했다.

"다시 그 얼굴을 보게 된다면 이 주먹이 가만있지 않을 거야."

"네? 네, 아, 네."

열혈태세는 저귀에게 인사를 한 후 황급히 몸을 돌렸다. 그는 최대한 빨리 이곳을 빠져나가고 싶은 마음이었다. 수하들도 재빨리 문 쪽으로 달려갔다.

그때 저귀의 말이 그들의 발을 잡았다.

"잠깐만."

열혈태세는 움찔하며 제자리에 멈춰 섰다. 그의 등 뒤로 저귀의 목소리가 들려왔다.

"애도 데리고 가야지."

사신 오곤을 가리키는 것이다.

"아, 네."

열혈태세는 수하들을 노려보았다. 수하들은 우르르 몰려가 오곤을 들고 또 우르르 문 밖으로 도망치듯 빠져나갔다. 열혈태세는 저귀를 향해 어색하게 웃어보이고는 곧바로 객잔을 빠져 나왔다.

밖은 여전히 비가 퍼붓고 있었지만 외려 그 비가 너무나도 시원하게 느껴질 정도였다.

열혈태세는 길게 한숨을 내쉬었다.

귀신이 아니라 괴물이 살고 있었다, 유주에는.

그것도 모른 채 그동안 몇 번이나 찾아와 그를 괴롭혔다니, 그동안 하늘이 열혈태세를 보우해 준 것이다.

"돌아가자."

그리고 두 번 다시 유주는 오지 말자. 북쪽으로 머리도 두지 말자.

그는 수하들에게 말한 후 말에 올라탔다. 수하들이 미적거렸다.

"이분을 옮길 만한 게 없습니다."

열혈태세는 고개를 돌렸다.

수하들 네 명이서 뼈 없는 동물처럼 흐느적거리는 오곤을 붙들고 있었다. 그를 말에 태울 수는 없었다. 말이 달리는 순간 그는 지옥에 떨어진 것 같은 고통을 느낄 테니까.

열혈태세는 오곤과 시선을 마주했다. 그의 차갑게 가라앉은 눈빛을 느낀 것일까.

문득 오곤이 눈을 감았다. 열혈태세는 고개를 끄덕였다. 그는 곧바로 시선을 돌리며 말했다.

"죽여라."

"네?"

수하들의 눈이 휘둥그레졌다. 열혈태세는 담담하게 말했다.

"그게 그를 도와주는 거다."

수하들은 머뭇거리다가 손을 썼다.

비명도 신음도 없었다. 단칼에 목이 잘렸으니 그럴 틈도 없었을 것이다.

비참한 최후였다.

그 어느 누가 있어서 사신 오곤이 이 변방 유주에서 이런 죽음을 맞이할 거라고 상상이나 했겠는가.

열혈태세는 남쪽을 응시하며 말했다.

"가다가 양지바른 곳에 묻어주자. 그것만으로 우리가 그에게 할 일은 다 한 셈이니까."

그리고…….

오늘의 일은 머릿속에서 깨끗하게 지워버리는 거다. 담우천이고 뭐고, 아예 생각조차 하지 않는 거다.

"이럇!"

그는 말을 달렸다. 유량객잔이 멀어져갔다. 수하들이 뒤늦게 말에 올라타고 그를 쫓기 시작했다. 열혈태세의 얼굴은 빗물로 흠뻑 젖어 있었다.

그리고.

"아민."

아니, 누구도 알지 못하게 조그만 목소리로 중얼거리는 그의 얼굴은 눈물로 젖어 있었다.

"너도… 잊어버리마."

천궁팔부가 존속하기 위해서라도… 더 이상 그들과 얽히지 않아야 했다. 한 문파의 수장인 그에게 있어서 혈육의 복수보다는 문파의 존속이 더 큰 무게의 짐이었던 것이다.

"미안하다, 아민."

열혈태세는 아마도 이 근처에서 목숨을 잃었을 게 분명한 호지민을 애도하며 계속해서 말을 달렸다. 비바람이 매섭게 휘몰아치는 황량한 유주 땅이었다.

3. 두 번의 기회

"자하야!"

제갈원은 도깨비불을 향해 나는 듯 달려갔다.

하지만 도깨비불은 그 자리에 멈춰 있지 않았다. 정정과 마찬가지로, 제갈원이 그곳에 당도하면 더 멀리 가 있고 또 그곳에 가서 보면 더 멀리 가 있었다.

"나와 숨바꼭질을 하자는 거로구나!"

제갈원은 껄껄 웃으며 소리쳤다.

"네가 살아생전 나와 제대로 놀지 못한 게 한이 된 모양이로구나!"

그는 쏟아지는 폭우에 흠뻑 젖은 채 미친 듯이 외쳤다.

"좋다! 어디 한 번 놀아보자! 숨바꼭질하기에는 정말 좋은 날씨가 아니겠느냐? 꽁꽁 숨어 보거라!"

그는 내공을 한껏 끌어올려 장소성(長嘯聲)을 터뜨렸다. 그리고는 단번에 이십여 장을 도약하여 다음 도깨비불을 향해 달려 나갔다.

그의 전신에 부딪치는 세찬 빗줄기가 고스란히 튕겨 나갔다.

제갈원은 한 줄기 유성처럼, 혹은 하늘을 가르는 섬전처럼 빠르고 강렬하게 질주했다.

그 속도가 상상외로 빨라서 이번 도깨비불은 제대로 사라지지 못하고 하마터면 제갈원에게 발각될 뻔했다.

제갈원이 그 자리에 당도하는 순간 도깨비불은 아슬아슬하게 자취를 감췄고, 다시 약 백여 장 떨어진 곳에서 새롭게 피어올랐다.

만약 제갈원이 제정신이었다면, 냉정함과 평상심을 유지하고 있었더라면 자신의 주변 이십여 장 안에 숨어 있는 한 가닥 기척을 발견했을 것이다.

만약 그랬다면 강만리가 심혈을 기울여서 만든 계획이 모조리 물거품이 되었을 것이다.

그러나 아쉽게도, 어쩌면 하늘의 안배인 것처럼 제갈원은 지금 제정신이 아니었다. 그는 오로지 도깨비불만 노려보고 있었고, 또한 오직 그 도깨비불을 따라잡는데 열을 올리고 있었다.

"오호! 거기로 갔구나, 자하! 곧 따라 잡으마!"

그는 소리치며 십 성의 내공을 운기하여 신법을 펼쳤다. 그 속도는 강만리가 예상했던 것보다 배는 빨랐다. 그래서 도깨비불을 만들어 흔들고 있던 황계 사람들은 계획보다 훨씬 빨리 불을 끄고 몸을 숨겨야 했다.

그렇게 도깨비불을 쫓아 얼마나 질주했을까.

순식간에 산 하나를 넘고 봉우리 두 개를 돌아선 제갈원은 갑자기 걸음을 멈추고 헐떡거렸다. 급격하게 내공을 소진한 까닭에 내력이 부족해진 것이다.

몇 번이고 거칠게 숨을 몰아쉬던 그의 눈빛이 일순 더할 나위 없이 빛났다. 동시에 그의 얼굴에는 환한 미소가 떠올랐다.

"너로구나, 자하!"

이십여 장 떨어진 곳에 도깨비불이 춤을 추고 있었다. 그것도 하나가 아닌, 대여섯 개의 도깨비불들이 검은 그림자를 에워싼 채 맴돌고 있었다.

그 검은 그림자를 본 순간, 제갈원의 내력이 다시 샘솟듯 솟아났다. 그는 지면을 박차고 뛰어올랐다. 한 마리 야조처럼 허공을 날아오른 그는 곧장 검은 그림자의 앞으로 쏜살같이 하강했다.

그가 가까이 다가오자 도깨비불들은 사라졌다. 하지만 검은 그림자는 여전히 그곳에 우뚝 서 있었다. 마치 제갈원이 다가오기를 기다리는 것처럼.

지면에 안착한 제갈원은 마른침을 삼키며 검은 그림자에게 다가갔다.

이삼 장의 거리, 제갈원은 드디어 그 검은 그림자의 얼굴을 확인할 수 있었다. 산발한 머리카락 사이로 언뜻 드러나는 창백한 얼굴.

그것은 자하의 얼굴이었다. 거기에 자하가 있었다. 자하가 피를 흘리며 그를 쳐다보고 있었다.

창백하다 못해 새파랗게 보이는 얼굴.

텅 빈 동공. 가녀린 어깨. 그리고……. 그녀가 죽었을 당시 입고 있었던 옷.

그랬다. 확실히 그녀였다.

저 검은 그림자는 자하의 귀신이었다.

"아아. 자하야!"

제갈원이 울부짖듯 소리쳤다. 그는 힘겹게 한 걸음 다가가며 손을 뻗었다.

"미안하다, 자하야! 내가 너를 지켜주지 못했구나! 내가 너를 죽게 놔뒀구나!"

그는 눈물을 흘리면서 다시 한 걸음 움직였다.

자하의 귀신은 움직이지 않은 채 그를 지켜보고 있었다.

제갈원은 다시 한 걸음 앞으로 걸어 나갔다. 그의 손에 자하의 귀신 얼굴이 닿을 것처럼 가까워졌다.

"자하야! 내가 보고 싶어서 찾아왔느냐? 내가 그리워 이렇게 구천을 떠돌고 있는 게냐?"

제갈원은 빗물과 눈물로 범벅이 되어 제대로 앞이 보이지 않는 눈을 껌뻑거리면서 다시 손을 뻗었다. 귀신의 머리카락이 손에 닿았다. 그의 손이 부들부들 떨리고 있었다.

"나랑 가자. 내가 지켜주마. 두 번 다시 너를 놓치지 않으마. 그러니 나와 평생 같이 하자."

제갈원은 미친 것처럼 계속해서 중얼거리며 떨리는 손으로 머리카락을 매만졌다. 그리고 그는 마침내 귀신의 얼굴에 손을 가져다 댔다.

"사랑한다, 자하. 누구보다도 널 사랑한다, 자하야."

차가운 피부의 감촉이 손끝을 타고 고스란히 제갈원에게 전달되었다. 비에 흠뻑 젖은 살결, 그 보드라운 살결의 느낌이 제갈원의 손가락 끝에 전해졌다.

"아아, 아직도 너는 이렇게 아름답구나……."

제갈원은 다른 손마저 뻗어 귀신의 얼굴을 감쌌다. 그리고 귀신의 눈동자를 들여다보며 귀신의 새파랗게 질린 입술에 입을 맞추려 했다.

그때였다.

제갈원은 저도 모르게 흠칫 멈춰 섰다.

'귀신의 살결이 이토록 부드러울 수 있는 건가?'

한가닥 의문이 섬광처럼 그의 뇌리를 파고들었던 것이다. 동시에 그의 등 뒤를 노리고 날카로운 예기 한 점이 빗줄기처럼 스며들었다.

바로 그 순간 제갈원은 본능적으로, 아니, 무의식적으로 몸을 틀었다. 그 바람에 송곳처럼 예리하고 섬전처럼 빠른 그것은 제갈원의 명문혈이 아닌, 늑골을 파고들었다.

"쿨럭!"

얼음처럼 차가운 무엇인가가 제 몸을 뚫고 들어오는 고통에 제갈원은 옆으로 몸을 피하며 주춤 물러났다.

그 순간, 한 자루의 검으로 그의 늑골을 쑤셨던 자는 앞으로 내달리며 자하의 귀신을 품에 안더니, 이내 한 번 크게 도약하며 제갈원과 거리를 벌렸다.

제갈원은 옆구리를 부여잡으면서 소리쳤다.

"자하야!"

격렬한 통증보다도 뇌리 한 구석에 맴도는 의아함보다도 제갈원에게는 자하 귀신의 안전이 더 소중했던 것이다. 그런 까닭에 그는 자신을 기습하고 자하 귀신을 납치한 자가 누구인지 전혀 신경 쓰지 않았다.

자하 귀신을 껴안은 채 물끄러미 그를 지켜보던 사내, 담우천은 저도 모르게 속으로 한숨을 내쉬었다.

첫 번째 기회가 무산되었다.

놈이 자하 귀신에게 정신이 팔린 순간을 노려 죽인다는 계획은 그의 믿을 수 없을 정도로 영활한 움직임에 의해 수포로 돌아갔다.

하지만 아직 기회는 남아 있었다. 강만리가 혹시나 하여 만들어둔 두 번째 기회가 남아 있으니까.

그러니 담우천이 한숨을 내쉰 건 첫 번째 기회가 무산되었기 때문이 아니었다.

　제갈원의 자하에 대한 집착이 그로 하여금 한숨을 내쉬게 만든 것이다. 저자의 집요하고 끈질긴 집착은, 그 잘못된 사랑의 무게는 외려 담우천을 능가하고 있었다. 외골수적인 사랑에 빠지면 저렇게 변하는 것일까.

　"어서 그녀를 놓지 못할까!"

　제갈원은 수염이 부르르 떨리도록 소리쳤다. 증오와 분노의 눈빛으로 그의 두 눈은 새빨갛게 충혈되어 있었다. 여전히 그는 담우천을 알아보지 못하고 있었다.

　담우천은 다시 한숨을 내쉬었다. 자하 귀신으로 분장한 십삼매가 가볍게 그의 어깨를 밀었다. 그게 신호였던 것처럼 담우천은 그녀를 제갈원에게 훌쩍 집어던지며 소리쳤다.

　"귀신이라도 좋다면 받아라!"

　담우천이 아무렇게나 집어던지자 제갈원은 다급하게 두 팔을 벌려 그녀를 안으려고 했다.

　담우천의 눈빛이 순간적으로 빛났다.

　예상대로 제갈원의 전신이 그의 공격권 안에 들어온 것이다. 바로 강만리가 마련해 두었던 두 번째 기회였다. 두 팔을 벌리느라 허점투성이, 빈틈덩어리로 변한 제갈원의 목과 가슴!

동시에 그의 검이 무극섬사의 일격을 시전했다. 한가닥 희미한 선이 암흑공간을 반으로 가르는 순간이었다.

"어림없다!"

창노한 목소리가 멀리서 들려오는가 싶었다.

더불어 담우천의 등 뒤로, 그 외침보다 더 빠르게 강맹무비한 장력이 짓쳐들어왔다. 천 근 바위도 단숨에 박살 낼 것 같은 막강한 일격이었다.

담우천은 순간적으로 판단했다.

'제갈원을 죽일 수는 있다. 하지만 나도 당한다!'

그럴 수는 없었다. 이대로 당하기에는 아직 그에게 남은 일들이 있었다.

그는 검을 거둬들이며 황급히 몸을 날렸다.

콰콰쾅!

천둥 같은 굉음이 들려왔다. 그리고 담우천이 방금 전까지 서 있었던 자리에 사람 두어 명이 족히 파묻힐 것만 같은 구멍이 났다. 담우천이 아슬아슬하게 피한 그 장력의 여파였던 것이다.

담우천의 얼굴이 일그러졌다. 제갈원을 손쉽게 죽일 수 있는 절호의 두 번째 기회도 실패한 것이다.

또한 그 와중에 십삼매는 제갈원의 품에 안겨 있었다. 이

제 제갈원을 죽이기에는 아무래도 그녀의 안전이 문제가
되는 것이다.

 게다가 가장 큰 문제는 지금 이 외진 곳에 담우천을 방해
한 자가 나타났다는 것이었다. 놈은 다름 아닌, 무적가의
가주 제갈보국이었으므로.

第九章
각성의 결과물

그럼에도 불구하고 가끔씩 깨달음은 거짓말처럼 사라지고, 그 신기루
같은 각성의 맛을 다시 느끼기 위해 안달하다가 결국 주화입마에 걸리는
이들이 얼마나 많은가.

　　심벽은 한 번 무너졌다고 해서 영원히 무너져 있는 게 아니었다. 심벽
은 살아 있는 생물처럼 끊임없이 계속해서 생성되었고, 수련자는 늘 그
심벽의 소생을 경계하고 주의해야 했다.

1. 제갈보국의 등장

담우천을 공격하여 제갈원을 위기에서 구해낸 자는 다름
아닌 그의 부친, 제갈보국이었다.

제갈보국이 이렇게 무적가의 어필봉에서 이십여 리나 떨
어진 외진 산속에 나타날 수 있었던 것은, 바로 〈입〉 때문
이었다.

정정은 제갈원이 귀신을 만나러 간다는 소문이 나지 않
도록 시녀들과 하인들의 입단속을 철저히 했다.

하지만 원래 비밀이라는 건 존재하지 않는 법이었다. 게
다가 그 비밀을 알고 있는 이들이 어린 계집들이라면 더더

욱 그러한 법이었다.

제갈원의 거처를 빠져나온 시녀들은 입이 간지러워 견딜 수가 없었다.

그녀들은 곧 제 친한 이들에게 "이건 비밀이야. 누구에게 도 말하면 절대 안 돼. 알겠지?" 하면서 조금 전에 벌어졌던 일들을 이야기했다.

"어머, 어머! 세상에 그런 일이……."

하면서 그 비밀을 전해 들은 계집종들은 역시 또 다른 이 들에게 "이건 비밀이야. 누구에게도 말하면 절대 안 돼. 알 겠지?" 라고 똑같이 말하며 그 비밀을 전해 줬다.

그들은 자신의 친구에게, 친한 언니나 동생에게, 좋아하 는 남정네들에게 그 비밀을 전했고 함께 공유했다.

순식간에, 그 비밀을 아는 사람들이 그렇지 않은 사람들 보다 많아졌다.

그리고 그 비밀은 곧 상부의 인사에게로 전해졌으며 그 는 다시 제갈보국에게 달려가 사실을 알렸다.

제갈보국은 깜짝 놀랐다. 아들이 귀신을 만나러 갔다는 사실보다도 몇 년 만에 제 발로 걸어서 세가 밖으로 나갔다 는 게 그에게는 더 놀라운 일이었다.

그는 소문의 진위를 확인하기 위해서 서둘러 제갈원의 거처로 달려갔다.

거처는 텅 비어 있었다.

"게 아무도 없느냐!"

제갈보국이 소리쳤고, 시녀들이 사색이 된 채 나타났다. 제갈보국은 냉엄한 목소리로 어찌 된 일인지 물었다. 시녀들은 울먹이면서 말했다. 계화가 두 번째로 오줌을 지린 건 바로 그때의 일이었다.

"아무래도 수상합니다."

제갈보국에게 이 비밀을 전해 주었던 은한백이 조심스럽게 입을 열었다.

"귀신이라는 게 있을 리가 없거니와 그것도 저 안강 마을에서 죽었던 자하의 귀신이라니요. 게다가 무려 이 년 가까이 지나서 그녀의 귀신이 이곳에 나타났다는 건 확실히 뭔가 수상쩍습니다."

제갈보국은 가늘게 눈살을 찌푸렸다.

예감이 좋지 않았다. 삼신이 세가를 떠난 지 한 달, 그리고 태극천맹의 지부를 통해서 틈틈이 전해져야 할 연락이 끊긴 지 열흘이 넘었다.

뭐, 다들 변방의 유주로 무사히 간 거라면, 그래서 연락을 제대로 취할 수 없는 거라면 상관이 없었다.

하지만 늘 그런 법이 아니던가, 왠지 좋지 않는 예감은 틀리지 않았다.

게다가 이런 어수선한 상황 속에서 갑자기 자하의 귀신이 나타났다는 건 은한백의 말이 아니더라도 확실히 수상한 일이었다.

제갈보국은 잠시 생각하다가 빠르게 말했다.

"세가 내의 경계를 강화해라. 그리고 전력을 꾸려 소가주를 찾는다. 최대한 빨리 병력을 모아라."

"존명."

은한백이 서둘러 나갔다. 곧바로 호각 소리와 종소리가 울렸다.

긴급 강화령이 펼쳐진 것이다.

세가의 모든 무사가 무기를 들었다. 잠자고 있던 이들도, 휴식을 취하고 있던 자들도 하나같이 벌떡 일어나 무기를 들고 밖으로 뛰어나왔다.

갑작스러운 경계령이었지만 누구 하나 당황해하거나 불안해하지 않았다.

그들은 관록 넘치는 노장군처럼 당당하고 여유 있게 움직였다. 역시 무적가의 일원다운 모습들이었다.

불과 반각도 지나지 않아 무적가가 완벽한 방어태세를 갖출 수 있었던 것 또한 평소의 지독한 훈련에서 비롯된 일이었다.

제갈보국은 무적가가 그렇게 철저한 방비태세를 갖춘 이

후, 비로소 제 아들의 행방을 찾으러 세가를 비웠다. 그의 뒤로는 은한백을 비롯하여 수십 명의 고수가 따라붙었다.

제갈원을 찾는 건 그리 어려운 일이 아니었다. 멀리서, 쏟아지는 폭우와 천둥소리를 비집고 희미하게 들려오는 목소리만 쫓으면 되었으니까.

"자하야! 내가 왔다!"

한껏 내공을 실어서 외치는 제갈원의 목소리.

제갈보국은 그 목소리를 쫓아 빠르게 질주했다. 하지만 그가 제갈원을 뒤쫓는 것을 원치 않는 누군가가 있는 모양이었다.

갑자기 복면인들이 튀어 나오며 그 앞을 가로막고 나섰다. 또 등 뒤에서 화살을 날리거나 창을 던지는 자들도 있었다. 또는 어느새 준비했는지 모를 구덩이나 함정이 제갈보국을 기다리고 있었다.

그러나 그 어떤 것도 제갈보국의 발길을 멈추지 못했다. 제갈보국은 손을 한 번 내젓는 것으로 제 앞을 가로막는 복면인들을 저만치 날려 보냈다.

등 뒤에서 날아드는 화살과 창은 그의 호신강기를 뚫지 못했다. 외려 그들은 뒤따라 달려오던 제갈보국의 수하들에게 붙잡혀 목숨을 잃거나 도주하기에 급급해야만 했다.

제갈보국은 한 걸음에 십여 장의 구덩이를 홀쩍 뛰어 넘었고 발을 낚아채서 묶어버리는 줄은 거침없는 발길질로 끊어버렸다. 그 어떤 함정들도 그를 멈추지 못했다.

그렇게 제갈보국은 단 한 번도 머뭇거리지 않은 채 제갈원의 뒤를 쫓았다.

그리고 언제부터인가 저 멀리 어둠 속에서 빛을 발하는 도깨비불을 볼 수 있었고, 또 제갈원이 외치는 목소리가 그 도깨비불을 쫓고 있다는 사실도 파악할 수 있었다.

"도깨비불이다!"

제갈보국은 이내 목표를 바꿔 달렸다.

그리하여 제갈보국은 제갈원과의 거리를 더욱 좁힐 수가 있었고, 아들이 위기에 처한 바로 그 순간 절묘하게 일장을 날려 그를 구해 줄 수가 있었던 것이다.

제갈보국은 이제 막 숲에 당도한 듯 허공에서 표표히 하강하고 있었다. 아마도 이십여 장 밖에서 아들의 위기를 발견하고는 곧장 장력을 퍼부으며 날아든 모양이었다.

그 뒤로 수십 명의 사람이 빠르게 날아드는 광경이 어둠 속에서 희미하게 보였다. 담우천의 일그러진 얼굴은 쉽게 펴지지 않았다.

'구백과 이십칠경……'

그랬다. 제갈보국의 뒤를 쫓아 날아들고 있는 자들은 무적가의 실세라 할 수 있는 구백과 이십칠경들이었다.

물론 구백 중에서 두 명이 담우천에 의해 목숨을 잃었지만 그래도 남아 있는 칠백은 건재했다.

또한 이십칠경 역시 담우천의 발목을 잡을 수 있는 실력을 지니고 있었다.

이 년 전 천수환비, 묵혼살객, 뇌력신권 등 세 명의 협공 아래 담우천은 하마터면 목숨을 잃을 뻔하지 않았던가. 물론 그때 뇌력신권을 비롯한 몇 명의 이십칠경이 담우천에 의해 죽었지만, 여전히 그들의 수는 스물일곱이었다.

'좋지 않다.'

담우천의 표정이 일그러질 수밖에 없는 것이다.

저들은 초절정의 고수들이 모두 달려온 반면 이쪽은 어떤가. 오직 담우천과 십삼매 뿐이었다. 그것도 십삼매는 지금 제갈원의 품에 안겨 있는 상황이었다.

물론 천자산 일대에 퍼져 있던 황계 무사들이 이곳으로 달려오고 있었다. 더불어 강만리 또한 정정을 한곳에 숨겨 둔 채 이리로 오고 있었다. 하지만 과연 그들만으로 이 무적가의 진정한 힘을 상대할 수 있을까.

'그 꼬마 애송이가 있었더라면⋯⋯.'

담우천은 문득 투신 전앙을 일격에 해치운 소년을 떠올렸다.

그러나 소년의 행방은 묘연했다. 원래 그런 녀석이라고 했다. 십삼매마저도 그 소년을 제대로 제어할 수 없다며 씁쓸하게 자조했으니까.

담우천의 뇌리는 빠르게 돌아가고 있었다.

'무엇보다 지금 가장 중요한 것은……'

십삼매였다.

그녀가 인질이 되면 모든 게 끝나는 것이다. 적어도 황계의 고수들은 십삼매의 안위 때문이라도 놈들과 싸우려 들지 않을 테니까.

지금 상황에서 우선순위가 정해진 이상 망설일 게 없었다. 담우천은 둔형장신보를 펼쳐 그 자리에서 모습을 감췄다. 그리고 동시에 약 오류 장 떨어져 있던 제갈원의 등 뒤에서 신형을 드러냈다.

제갈원은 담우천에게 전혀 신경을 쓰지 않고 있었다. 그는 오직 제가 안고 있는 자하 귀신—십삼매를 내려다보고 있을 뿐이었다.

2. 깨달음

"자하야, 내 자하야."

제갈원은 십삼매를 안은 채 눈물을 글썽거리며 연신 중

얼거렸다.

십삼매의 자하 분장은 담우천이 깜짝 놀랄 정도로 거의 완벽했다. 애당초 사촌지간이니 서로 닮기도 했거니와, 담우천의 조언과 분장사의 기술이 합쳐져서 누가 보더라도 자하로 착각할 만큼 똑같은 얼굴로 변해 있었다.

그녀는 계획과는 달리 제갈원의 품에 안겨 있었음에도 불구하고 전혀 당황하지 않았다. 그녀는 본연의 임무를 잊지 않은 듯, 귀신의 목소리로 제갈원에게 소곤거렸다.

"나리, 나리……."

"그래. 나다, 자하야. 바로 나다."

제갈원은 비와 눈물로 흠뻑 젖은 얼굴로 십삼매의 얼굴을 비비려 했다.

바로 그때, 그의 등 뒤에서 갑자기 나타난 담우천이 검을 내뻗었다.

제갈원보다 제갈보국이 먼저 반응했다.

"정신 차려라!"

제갈보국은 소리치며 손을 휘둘렀다.

뜨거운 열화의 기운이 불덩어리처럼 십삼매를 향해 폭사했다.

제갈원은 깜짝 놀라 몸을 날려 피했다. 그 바람에 담우천의 검은 애꿎은 허공만을 찔러가야 했다.

"그년은 자하가 아니다!"

제갈보국은 다시 소리치며 손을 뻗었다. 조금 전보다 훨씬 뜨겁고 강렬한 기운이 더욱 거세고 빠르게 뻗어 나왔다. 이번의 목표는 담우천, 그 열화의 기운은 이내 둥근 불덩이로 변해 그의 가슴으로 파고들었다.

'화염신구!'

담우천은 긴장하며 둔형장신보를 펼쳤다. 이내 그의 신형은 사라졌고 삼사 장 떨어진 곳에서 새롭게 모습을 드러냈다.

"어딜!"

제갈보국이 코웃음을 치며 손을 까닥거렸다. 놀랍게도, 그 화염신구의 불덩이는 그 손짓에 따라 방향을 선회하며 담우천을 향해 날아들었다.

담우천은 황급히 몸을 날려 불덩이를 피했다. 아슬아슬하게 그를 스쳐지나간 불덩이는 다시 허공으로 솟구치며 다음 공격을 준비하듯 천천히 맴돌고 있었다.

제갈보국은 게서 멈추지 않았다. 이번에는 왼손을 펼쳤다. 그 손바닥 위에 부글거리면서 뭔가가 끓어오르는가 싶더니 이내 활활 불타오르는 동그란 구체로 변하기 시작했다.

수년 전 제갈원이 보여 주었던 화염신구였지만 그보다

더 뜨겁고 강렬한 불길을 토해내고 있었다.

제갈보국은 두 손을 휘저었다.

그의 손을 떠난 화염신구가 어지럽게 허공을 선회하면서 담우천을 공격했다. 놀라운 일이었다. 그는 두 개의 화염신구를 마치 어검술(御劍術)처럼 사용하고 있었다.

예전의 제갈원은 오직 하나의 화염신구만을 다루는 것만으로 벅차한 반면, 제갈보국은 두 개의 화염신구를 능수능란하게 움직이고 있었다.

담우천은 긴장의 끈을 놓지 않고 화염신구를 노려보았다.

원래 화염신구는 내력의 결정체, 절대적인 극강의 양기(陽氣)를 한데 집약시켜 만든 불덩이였다. 그것은 마치 독화염린(毒火焰燐)처럼 꺼지지 않는 불꽃을 지녔으며 그 어떤 것으로도 파괴할 수도 없었다.

담우천 또한 제갈원의 화염신구에 당해 근 일 년 가까이 고생하지 않았던가.

폭우가 쏟아지고 있었지만 화염신구의 화염은 꺼지지 않았다. 도깨비불 따위는 상대도 되지 않는 화력이었다. 두 개의 화염신구는 번갈아가며 담우천을 공격했다.

어쩔 도리가 없었다. 담우천은 그저 둔형장신보를 이용하여 계속 피할 수밖에 없었다.

제갈보국이 웃으며 소리쳤다.

"둔형장신보라! 그걸 누가 가르쳐 주었느냐?"

담우천은 대답하지 않았다. 그는 계속해서 이리저리 몸을 날리며 빈틈을 노렸다.

그렇게 제갈보국의 틈을 엿보다가 순간적인 폭발력을 지닌 폭광질주섬으로 거리를 좁히는 동시 무극섬사를 펼치면, 승산은 있었다.

제갈보국은 코웃음을 쳤다.

"흥! 폭광질주섬과 무극섬사를 연계하려 하는 게로군."

그는 담우천의 속마음이라도 들여다본 것처럼 말했다.

어쩌면 당연한 일일지도 몰랐다. 담우천의 모든 것은 제갈보국에 의해 완성되었으니까.

담우천은 입술을 깨물었다.

혈검수라 시절 때 익혔던 무공만으로는 도저히 제갈보국을 상대할 수 없음을 깨달은 것이다. 상대는 그저 담우천의 눈빛만으로, 자세만으로 무슨 무공을 어떻게 펼칠지 알아차리고 있었으니까.

담우천은 호흡을 가다듬었다.

작년 겨울 심벽을 무너뜨리면서 깨달았던, 그 무위(武威)를 지금 이 자리에서 펼치려는 것이었다.

깨달음이란 순간적으로 오는 것이다. 하지만 영원히 내

곁에 머무는 것도 아니었다.

찰나의 깨달음이 영구적으로 지속되기 위해서는 부단한 노력의 경주가 필요했다. 그 깨달음의 끈을 놓치지 않기 위해서 끊임없이 수련하고 명상해야 했다.

그럼에도 불구하고 가끔씩 깨달음은 거짓말처럼 사라지고, 그 신기루 같은 각성의 맛을 다시 느끼기 위해 안달하다가 결국 주화입마에 걸리는 이들이 얼마나 많은가.

심벽은 한 번 무너졌다고 해서 영원히 무너져 있는 게 아니었다. 심벽은 살아 있는 생물처럼 끊임없이 계속해서 생성되었고, 수련자는 늘 그 심벽의 소생을 경계하고 주의해야 했다.

그런 의미에서 과연 담우천은 그때의 각성을 지금까지 유지하고 있을까.

3. 너는 누구냐?

제 아버지의 공격을 피해 한쪽으로 몸을 날렸던 제갈원은 그제야 제 정신을 차린 듯 눈살을 찌푸렸다.

"저 녀석이?"

그는 십삼매를 안은 채 담우천을 노려보았다. 이제야 처음으로 담우천의 존재를 인식한 것이다.

순간, 그의 옆구리에서 강렬한 격통이 일었다. 맨 처음 담우천의 기습 공격에 찔렸던 그 부분이었다. 역시 처음 느껴보는 고통이었다.

제갈원은 지금껏 오로지 십삼매에게만 홀려 있어서 다른 건 전혀 눈에 들어오지 않았으며, 또한 고통도 느끼지 못했던 것이다.

"내 자하를 빼앗으러 온 거로구나."

제갈원은 담우천을 노려본 채 십삼매를 부둥켜안으며 중얼거렸다. 그러다 문득 고개를 갸웃거렸다.

'귀신의 몸이 이렇게 부드러운가?'

그는 그제야 비로소 처음 자하 귀신을 잡았을 때 느꼈던 그 이질적인 감촉을 떠올렸다. 귀신이라고 하기에는 도저히 믿을 수 없을 정도로 부드럽고 탱탱한 살결의 느낌.

제갈원은 눈을 휘둥그레 뜨며 십삼매를 내려다보았다. 십삼매는 무심한 눈빛으로 제갈원을 쳐다보고 있었다. 제갈원은 눈빛으로 핥듯이 그녀의 얼굴을 훑어보았다.

어느 순간, 그의 얼굴이 일그러졌다.

"너, 너는 누구냐?"

그제야 알아차린 것이다.

이 계집은 귀신이 아니었다. 자하도 아니었다. 자하를 닮은 여인, 자하로 분장한 계집이었다.

자신이 농락당했다는 사실을 깨달은 제갈원의 눈에 살기가 불꽃처럼 일었다.

그는 십삼매를 내팽개쳤다. 한 바퀴 바닥을 뒹굴었다가 겨우 일어나는 십삼매의 전신은 진흙으로 엉망이 되었다. 제갈원은 그녀의 머리를 와락 잡아당겼다. 그녀의 머리카락은 산발이 되었다.

"너는 누구냐?"

제갈원은 손을 들어 당장에라도 내려칠 것처럼 위협하며 물었다. 십삼매는 아무런 말을 하지 않았다. 여전히 공허하고 무심한 눈빛으로 제갈원을 바라볼 따름이었다.

"이 계집이!"

제갈원은 들고 있던 손으로 그대로 십삼매의 얼굴을 후려쳤다. 무공을 모르는 십삼매의 목이 부러져 나갈 정도로 매서운 일격이었다.

그러나 십삼매는 눈 하나 깜빡이지 않은 채 제갈원을 바라보며 중얼거렸다.

"나리……"

일순, 제갈원의 손이 십삼매의 뺨 앞에서 우뚝 멈췄다. 그의 손은 부들부들 떨렸고 눈빛도 속절없이 흔들렸다. 그는 이를 악물었다.

자하……

도저히 때릴 수가 없었다. 죽일 수가 없었다. 자하가 아니라는 걸 뻔히 알면서도, 자하의 귀신 흉내를 내어 자신을 유인했다는 걸 알아차렸음에도 불구하고 제갈원은 그녀에게 손을 댈 수가 없었다.

자하와 너무나도 닮은 얼굴에 목소리였다. 그런데 어떻게 이 계집을 때릴 수가 있단 말이냐.

"자하야, 자하야……."

제갈원이 천천히 손을 내리며 넋을 놓은 것처럼 중얼거릴 때였다.

멧돼지 같은 물체가 갑자기 달려들어 그의 등을 어깨로 밀어붙였다.

쿵!

제갈원은 어깨뼈가 박살 나는 듯한 그 강렬한 충격을 견디지 못하고 십삼매를 지나쳐 앞으로 꼬꾸라졌다.

제갈원을 어깨로 들이박은 괴물체는 그 틈을 타서 십삼매를 번쩍 안아들고는 달려오던 속도 그대로 다시 도망쳤다.

"고마워요."

괴물체의 품에 안긴 십삼매가 한숨을 쉬며 말했다.

"꼼짝없이 죽는 줄 알았어요. 오라버니."

괴물체가 정신없이 도망치며 툴툴거렸다.

"오라버니라고 부르지 말라니까."

그 멧돼지 같은 괴물체는 다름 아닌 강만리였다.

*　　　*　　　*

강만리는 마혈이 제압당한 정정을 수풀 우거진 곳에 숨겨두고는 곧바로 제갈원의 뒤를 쫓았다.

그리고 얼마 지나지 않아서 숲 속에 숨은 그는 자하 귀신에게 넋이 빼앗긴 제갈원이 담우천의 기습 공격에 당하는 광경을 지켜볼 수 있었다.

'좋았어!'

강만리는 주먹을 불끈 쥐었다. 자신의 계획이 완벽하게 성공하는 장면이었다.

하지만 제갈원은 만만치 않았다. 담우천의 검이 찔러오는 순간 그는 본능적으로 몸을 움직여서 치명상을 피했다. 아쉽게 기회가 날아간 것이다.

'빌어먹을!'

강만리는 허공에 대고 주먹을 휘둘렀다. 그러나 아직 두 번째 기회가 남아 있었다.

제갈원이 엉겁결에 자하 귀신을 안게 되는 바로 그 순간이었다. 담우천과 십삼매는 계획대로 움직였고 제갈원 또한 강만리의 예상대로 행동했다. 정확하게 그 기회가 찾아온 것이다.

하나 이번에도 실패했다. 제갈보국이 나타나 방해한 것은 강만리의 예상 밖이었다.

아니, 훼방꾼이 있을지도 모른다는 생각을 하지 않은 건 아니었다. 그래서 강만리는 어필봉 주위 곳곳에 황계의 무사들을 대기시켜 놓고, 혹시나 있을지 모르는 훼방꾼을 막는 역할을 맡겨 둔 것이다.

하지만 제갈보국이 직접 나설 줄은 몰랐던 것이다. 대기하고 있던 황계의 무사들은 그의 일격조차 막지 못했고, 단한 걸음도 붙들지 못했다. 그래서 하마터면 모든 계획이 송두리째 무너져 내릴 뻔했다.

그나마 다행이었던 것은 제갈원이 여전히 제정신을 차리지 못하고 있었다는 거였다.

강만리는 조심스레 제갈원의 등 뒤로 돌아갔다. 제갈원은 전혀 눈치채지 못했고, 기회를 엿보던 강만리는 폭발적인 속도로 내달려 그대로 어깨를 부딪쳐 가는, 이른바 폭풍견벽파(暴風肩劈破)의 수법을 펼쳤다.

내공 하나는 누구에게도 뒤지지 않을 정도로 심후한 내력을 지닌 강만리가 전력을 다해 펼친 일격이었다. 그 폭풍견벽파에는 어릴 적부터 온갖 영약과 귀한 심공을 바탕으로 내공을 키워왔던 제갈원조차 한 모금의 피를 내뿜으며 나가떨어질 정도의 위력이 실려 있었다.

그 천재일우(千載一遇)의 기습을 성공시킨 강만리는 십삼 매를 낚아채면서 곧장 몸을 돌려 그곳을 빠져나갔다.

강만리는 결코 자신의 실력을 과대평가하지 않았다. 또한 상대를 과소평가하지 않았다.

비록 자하에게 넋이 나가 잠시 방심한 틈을 타서 제갈원에게 일격을 성공했지만, 그는 제갈원과 제대로 붙으면 채 십 초도 견디지 못할 거라고 생각했다.

게다가 무공을 모르는 십삼매도 옆에 있었다. 그러니 차라리 그녀와 함께 몸을 빼는 게, 외려 담우천을 도와주는 일이라고 판단했던 것이다.

그래서 강만리는 뒤도 돌아보지 않고 내달렸다.

그의 무극섬(無極閃)은 단거리를 가장 빠르게 달릴 수 있는 경공술이었다. 게다가 내공이 강하면 강할수록 그 속도가 배가되는 신법인 까닭에, 앞으로 꼬꾸라졌던 제갈원이 벌떡 몸을 일으키며 뒤를 돌아보는 순간 이미 강만리는 그의 시야 밖으로 도주한 후였다.

그 바람에 제갈원은 자신을 밀치고 자하 귀신을 훔쳐간 자의 얼굴을 보지도 못했다.

"어떤 자식이 감히!"

그는 눈을 부라리며 강만리가 사라진 방향으로 몸을 날리려고 했다.

바로 그때였다.

콰앙!

그와 얼마 떨어지지 않은 곳에서 천지가 진동하는 듯한 굉음이 울려 퍼졌다. 땅이 뒤흔들리고 숲의 나무들이 진저리를 쳤다. 강렬한 후폭풍이 한순간, 쏟아지던 빗줄기들을 전부 걷어갔다.

제갈원은 흔들리는 지면 위에서 애써 균형을 잡으며 방금 굉음이 터졌던 곳으로 고개를 돌렸다.

그곳에는 두 명의 사람이 격렬하게 싸우고 있었다. 그들을 확인하는 순간 제갈원의 눈빛이 예리하게 반짝였다. 경천동지(驚天動地)의 싸움을 벌이고 있는 자들은 다름 아닌 제 부친인 제갈보국과 담우천이었다.

4. 다행이다, 살아 있었구나

담우천은 호흡을 가다듬으며 정신을 집중했다.

아직 벽을 무너뜨린 지 얼마 되지 않아서 각성한 바를 구현하는데 제법 시간이 필요했다. 그는 천천히 검을 들어 검봉(劍鋒)으로 제갈보국을 가리켰다.

제갈보국의 표정이 기이하게 변한 것은 바로 그때였다.

담우천에 대해서는 머리부터 발끝까지 모조리 꿰뚫고 있는 제갈보국이었지만 지금 그가 취하는 동작은 생소했다. 무극섬사와 비슷해 보였지만 또 달랐다.

제갈보국은 허공을 선회하던 두 개의 화염신구를 가까이 끌어당겨서 방어 태세를 취했다. 그리고 가늘게 눈을 뜨고서 검의 움직임을 지켜보려고 했다.

일순 제갈보국의 눈이 저도 모르게 커졌다. 자신을 가리키고 있는 담우천의 검끝이 소용돌이처럼 미세하되 빠르게 회전하고 있었던 것이다. 그 검끝에 담우천의 내력이 집중되는 순간, 새하얀 섬광이 제갈보국의 눈앞에서 터졌다.

제갈보국은 훌쩍 뒤로 물러나며 양손을 재빠르게 휘둘렀다. 그의 머리 위에 떠 있었던 화염신구들이 곧장 그 섬광을 향해 내리꽂혔다.

콰아아앙!

고막이 터질 것 같은 굉음이 일었다. 제갈원이 들었던 굉음이 바로 이것이었다.

새하얀 섬광과 제갈보국의 화염신구들이 부딪치면서 일으킨 파동이 주변을 모두 휩쓸었다.

제갈보국은 그 여파를 견디지 못하고 뒤로 훌쩍 날아가야만 했고, 그들이 서 있던 중간 지점에는 거대한 구덩이가 움푹 파였다.

어둠 속에서 흙먼지가 사방으로 일었고 그 사이로 담우천이 섬전처럼 튀어나와 제갈보국을 향해 날아들었다. 비틀거리던 제갈보국은 재빨리 자세를 바로잡으며 쌍장을 휘둘렀다.

펑펑펑!

그의 손바닥에서 둥근 화염의 기파(氣波)가 연달아 발출되었다. 담우천은 날아들던 그 자세 그대로 어깨만을 비틀어 제갈보국의 기파를 흘려보냈다. 순식간에 그들의 간격이 좁혀졌다.

담우천의 검이 일직선으로 날아들었다. 점과 점 사이를 최단거리로 잇는 직선의 움직임, 바로 무극섬사였다. 동시에 제갈보국은 몸을 틀었다.

무극섬사야 담우천의 눈빛만으로 피할 수 있었다, 라고 생각했지만 그건 제갈보국의 착각이었다.

'헉!'

제갈보국은 저도 모르게 헛숨을 들이켰다.

방금 피했던 담우천의 검끝이 바로 눈앞에서 들이닥치는 것이었다. 놀랍게도 한 번 빗나갔던 무극섬사의 일격이 연달아 이어지고 있었다.

그것은 너무나도 의외의, 예상 밖의 일격! 제갈보국은 호신강기를 동원하며 몸을 틀었지만 반응이 늦었다.

담우천의 검이 그의 어깨를 찔렀고, 제갈보국의 어깨에 닿는 순간 검끝이 갑자기 회전하는가 싶더니 이내 커다란 소용돌이를 일으키며 폭발했다.

그것은 조금 전 화염신구 두 개를 박살 냈던 바로 그 일격이었다.

바로 담우천이 지난 날 벽을 허물며 각성했던 결과물인 일원검(一元劍)이었다.

콰앙!

천 근의 화약이 어깻죽지에서 폭발하는 듯한 충격과 고통!

몸을 보호하고 있던 호신강기가 박살 났다. 옷이 찢겨졌다. 살점이 튀었다. 뼈가 부러졌다. 팔이 잘려 나갔다. 잘려 나간 어깨에서는 피가 빗줄기처럼 쏟아졌다.

제갈보국은 견딜 수 없는 통증에 이를 악물었다. 너무나 큰 격통에 정신까지 혼미해질 지경이었다.

"아버지!"

제갈원이 놀라 크게 부르짖으며 날아왔다. 그의 손에서 뜨거운 불덩이가 생성되더니, 그대로 담우천의 등을 향해 폭사해갔다.

일순 담우천의 신형이 흐릿해지는가 싶더니 불덩이는 그

대로 그를 관통하여 땅에 내리꽂혔다.

쾅!

불덩이는 애꿎은 지면에 부딪치며 구덩이를 만들었다. 그새 담우천은 뒤로 삼 장여나 물러나 있었다. 둔형장신보의 놀라운 위력이었다.

제갈원은 더 이상 담우천을 공격하지 않았다. 그는 날아오던 기세 그대로 단숨에 담우천의 머리를 훌쩍 뛰어 넘어 제갈보국에게로 향했다. 그리고 비틀거리던 제갈보국을 부축하며 소리쳤다.

"아버지! 정신 차리십시오!"

제갈보국은 눈을 뜨며 웃었다.

"다행이다, 살아 있었구나."

제갈원은 눈물을 흘렸다.

팔이 잘려 나가는 중상을 입었음에도 불구하고, 그 격통을 견디지 못한 채 정신을 잃을 뻔한 와중에도 그의 부친은 오로지 아들만을 걱정하고 있었다. 아들이 살아 있음을 기뻐하고 있었다.

그런데 그 못난 자식은 한갓 귀신 놀이에 빠져서 제정신을 차리지 못하고 있었다.

새삼 가슴이 아파왔고 뜨거워졌다. 제갈원은 부친을 부둥켜안은 채 뒤를 돌아보며 소리쳤다.

"죽여 버리겠다!"

때마침 칠백과 이십칠경이 달려왔다.

그들은 제갈보국의 모습을 보고는 얼굴이 급변했다. 하지만 그들은 냉정했다. 주군의 부상에도 흔들리지 않은 채 그들은 곧바로 진을 펼치며 담우천을 에워쌌다.

담우천은 도망가거나 피하지 않았다. 그럴 이유가 없었다. 지금이라면 자하의 원수를 갚을 수 있었으니까. 지금 이 주위에는 그의 발목을 잡는 족쇄가 없었으니까.

담우천은 검을 고쳐 쥐었다.

"비켜라."

그는 사위를 쓸어보며 냉정하게 말했다.

"내 앞을 가로막는 자는 모두 죽인다."

"개소리!"

무혼백(武魂伯)이 소리쳤다. 그 역시 한때 담우천을 가르쳤던 교부였다.

"천애고아였던 네놈을 거둬서 길러주신 은혜를 이런 식으로 갚다니, 그러고도 네놈이 사람이더냐?"

담우천은 피식 웃었다.

할 말은 많았다. 하지만 아예 말을 섞을 기분이 들지 않았다. 서로 생각하는 바가 너무나도 다른 것이다.

그는 고개를 끄덕이며 검으로 무혼백의 가슴을 가리켰다.

무혼백은 그게 무슨 의미인지 몰라 눈을 크게 떴다.

물론 그는 검끝이 미세하게 흔들리며 빠르게 회전하는 것을 눈치채지 못했고, 그 검끝에 집중된 내력이 한 순간에 폭발하는 것 역시 알아차리지 못했다.

쾅!

격렬한 폭음이 무혼백의 가슴에서 터졌고, 그는 실 끊어진 연처럼 멀리 날아가 떨어졌다.

놀라운 일이었다.

단 일 격에, 천하의 칠백 중 한 명인 무혼백이 제대로 싸워보지도 못한 채 절명한 것이다.

육백과 이십칠경의 안색이 급변했다. 그제야 비로소 그들은 담우천이 새로운 경지에 올라섰음을 깨달았다. 그리고 그들의 주군이 어떻게 팔을 잃었는지도 알게 되었다.

"놈의 검을 조심하라!"

누군가 소리쳤다.

"일제히 덤벼들라! 놈에게 여유를 주지 말라!"

그게 신호였다.

육백이 서로 다른 곳에서 서로 다른 무공으로 담우천을 향해 공격을 퍼부었고, 이십칠경은 조금 더 먼 곳에서 포위망을 펼친 채 담우천의 빈틈을 노렸다.

'이자들과 싸우고 있을 시간이 없다.'

담우천은 자신을 향해 덤벼드는 자들을 지켜보며 그렇게
생각했다. 그 생각과 동시에 내력이 일고 몸이 반응했다.
마음이 이는 순간 몸이 움직이는 경지.

이제 절정에 이르러서 공간과 공간 사이를, 시야의 사각
과 허점을 마음대로 파고드는 둔형장신보가 펼쳐지는가 싶
더니 이내 그의 모습은 그 자리에서 사라지고 보이지 않았
다.

"어엇?"

막 일장을 후려치던, 지풍을 날리던, 검기를 쏘아내던 육
백들의 눈이 휘둥그레졌다.

눈앞에서 담우천의 기척을 놓친 그들은 사방을 두리번거
렸다.

그리고 그들은 뒤늦게야, 제갈원과 제갈보국을 향해 덮
쳐드는 담우천을 찾을 수 있었다.

"위험합니다!"

그들의 외침에 제갈원은 고개를 돌렸다.

마침 제갈원은 아버지의 상처를 지혈한 후 명문혈에 손
을 대고 내기를 불어넣던 참이라 쉽게 움직일 수가 없는 상
황이었다. 그런 제갈원을 향해 담우천이 괴물처럼, 맹수처
럼 덤벼들고 있었다.

제갈원의 안색이 창백해졌다.

'내가 손을 떼면 아버지가…….'

위험하다.

하지만 이대로 있으면 둘 다 위험해진다.

순간의 선택, 그 선택의 결과에 대한 갈등! 제갈원은 선 뜻 결정을 내릴 수가 없었다.

바로 그때였다.

담우천의 검끝이 회오리처럼 회전하며 날아들었다. 모든 내력이 그 검끝에 모이는 순간이었다.

第十章
그래, 아직 끝이 나지 않았군

낭인.

사람들은 거리를, 세상을 떠도는 자들을 가리켜 낭인이라고 부른다.

하지만 사람들은 모르고 있다. 삶을 떠도는 자들도 낭인이라는 사실을. 자신이 나아갈 바를 정하지 못한 채 삶을 헤매고 떠도는 자들이야말로 낭인이었다.

그런 의미에서 보자면 어쩌면 세상 모든 사람은 낭인일지도 모른다.

그렇다. 이 세상은 낭인들의 천하다.

1. 무형무색무음(無形無色無音)

담우천의 일원검이 제갈원을 겨냥했다.

최대한 끌어 모은 내력이 검끝에 모여 한껏 응축되고 압축되었다가 일순간에 폭발하는 일원검. 그 일원검이 제갈원의 가슴을 겨냥하고 있었다.

알고서도 피할 수 없는 일검.

제갈원은 이를 악물었다. 선택의 기로에서 그는 결정했다. 제갈원은 재빨리 몸을 돌렸다. 그것은 일원검을 피하기 위함이 아니었다. 일원검으로부터 제 부친, 제갈보국을 보호하기 위해서였다.

파앙!

짧고 격렬한 타격음이 터졌다. 호신강기로 뒤덮여 있던 제갈원의 등짝이 갈기갈기 찢어져 나갔다.

"윽!"

제갈원은 신음을 터뜨리며 비틀거렸다. 그 와중에도 그는 제 부친을 부둥켜안고 있었다.

"죽어라."

제갈원의 피투성이가 된 등 뒤에 서서 담우천은 담담하게 말하며 검을 내뻗었다. 이 마지막 일격으로 제갈원은 목숨을 잃을 것이다.

그래서였다, 담우천이 제갈원의 옆구리 사이로 비집고 나온 손을 미처 발견하지 못했던 것은.

그것은 제갈보국의 손이었다.

정신이 혼미해져 가는 와중에 아들의 내력을 통해 겨우 정신을 차린 그는 담우천의 일원검에 격중당한 아들이 피를 토하며 비틀거리는 모습에 깜짝 놀랐다.

하지만 그 와중에도 제갈보국은 내공을 운기하여 아들의 옆구리 사이로 오른손을 뻗었다. 조금 전과는 전혀 다른, 투명하여 눈에 보이지 않은 기파가 부드럽게 흘러나왔다. 미처 담우천이 인지하지 못할 정도로 은밀하게 뻗어나간 그 기파는 가까이 다가와 있던 그의 가슴을 파고들었다.

무형무색무음(無形無色無音).

형체도 보이지 않고 색도 없었으며 소리도 나지 않는 일격. 그 일격이야말로 제갈보국이 말년에 완성한, 그의 최후의 절기라 할 수 있었다.

담우천이 뭔가 이상하다는 걸 느낀 건 그 직후였다. 그는 이상함을 감지한 순간 동시에 둔형장신보를 펼치려 했지만 이미 때가 늦었다.

심장이 멎는 듯한 충격과 동시에 그는 앞으로 꼬꾸라졌다. 학질이라도 걸린 듯 온몸에 경련을 일으키며 게거품을 물었다. 움직일 수가 없었다. 마치 하늘에서 내리치는 낙뢰(落雷)에 맞은 듯한 충격이었다.

만약 그때 제갈보국이 다시 한 번 손을 뻗어 공격했더라면 담우천은 그대로 목숨을 잃었을 것이다.

하지만 담우천이 쓰러지자마자 제갈보국은 제 아들의 안위를 챙겼다.

"아들아!"

그는 제갈원의 얼굴을 잡으며 소리쳤다.

"정신을 차리거라!"

제갈원이 힘겹게 눈을 떴다. 그리고 눈앞의 아비를 바라보면서 희미하게 웃었다.

"죄송해요… 아버지."

제갈보국의 눈에 눈물이 글썽거렸다. 죄송하다라니, 수십 년 만에 처음 들어보는 말이었다.

이제야 정신을 차리는 걸까.

못난 아들에서, 막돼먹은 아들에서 제대로 된 아들로 변하려는 것일까.

제갈보국은 두 손으로 아들의 얼굴을 쓰다듬으며 중얼거리듯 말했다.

"죄송하다니… 그런 게 어디 있느냐, 내 아들아."

다른 사람도 아닌, 네 아비다.

그리고 너는 무슨 짓을 하더라도 사랑스럽고 귀엽기만 한 내 아들이다. 죄송하다는 말은 하지 않아도 된다. 그저 건강하게 살아 있기만 하면 되는 게다.

제갈보국은 어느덧 자신에게 기대어 있는 제갈원이 점점 더 무거워지는 것을 느끼고 깜짝 놀랐다. 그의 몸이 축 늘어지고 있는 것이다. 눈빛에서는 생기가 사라지고 입가에서는 죽은피가 흘러나왔다.

"안 돼, 안 돼!"

제갈보국은 격렬하게 소리치며 아들을 부둥켜안았다.

아들아!

내 아들아!

바닥에 쓰러진 담우천은 그 모습을 지켜보면서 멀어져

가던 정신을 다시 부여잡았다.

나도 아들이 있다.

담우천은 이를 악물었다. 희미해진 시야 저편으로 아들들의 모습이 보였다.

활짝 웃고 있는 아창. 개구지고 떼쓰기 좋아하면서도 한편으로는 겁도 없고 놀기도 좋아하는 아창이 그곳에서 아빠를 향해 손을 흔들고 있었다.

정에 굶주린 아호. 형이면서도 아빠와 엄마를 그리워하고 떨어지지 않으려는 아호. 세심하면서 동생을 잘 돌보고 또한 열정적으로 수련하는 아호가 그곳에 서서 발로 돌멩이를 툭툭 걷어차고 있었다.

그리고 늘 방긋방긋 웃으며 고사리 같은 손을 뻗어 제 아비의 턱수염을 잡아당기려는 보보. 그 귀엽고 깜찍한 딸이 그 자리에 엎드려서 헤헤 웃고 있었다.

그 아이들의 모습을 본 순간, 담우천의 가슴에서 뜨거운 기가 솟구쳤다. 금방이라도 멈출 것 같았던 심장이 다시 한 번 거칠게 내달리기 시작했다.

"내게도……."

담우천은 천천히 일어나면서 중얼거렸다.

아들들이 있단 말이다!

그는 목 놓아 외치고 싶었다.

네놈들만 부자(父子)가 아니라고, 세상의 그 누구보다도 귀엽고 사랑스러운 아들들이 내게 있다고! 그 무엇과도 바꿀 수 없는 자식들이 있다고 말이다.

아이들을 떠올리면서 담우천은 다시 일어나 버티고 섰다. 아이들을 생각하면서 그는 없던 힘을 새롭게 만들어내고 있었다. 아이들이 손을 모아 그의 등을 받쳐주는 것만 같았다.

그제야 그는 알 것 같았다.

아들들은, 자식들은 결코 그의 발목을 옭아매는 족쇄가 아니었음을. 외려 그가 버티고 일어나 싸울 수 있는 힘의 원동력이었음을.

아이들이야말로 그로 하여금 거칠고 험한 이 세상과 마주보고 똑바로 전진해나갈 수 있는 생존력의 근원이었음을, 담우천은 그제야 이해할 수 있었다.

아아, 나는 내 자식들을 그 무엇보다 사랑하고 있구나.

담우천은 들끓는 호흡을 가다듬었다.

조금 전까지만 하더라도 이 자리에서 죽어도 상관이 없다고 생각했던 그의 마음이 바뀌었다.

아빠라는 이름으로, 반드시 살아남아야 했다. 살아서 되돌아가야 했다. 아이들이 제대로 성장하여 이 아빠의 모든 것을 이해해 줄 때까지, 담우천은 끝까지 살아서 버

터야 했다.

콰앙!

등 뒤에서 맹렬한 폭음이 터졌다.

여섯 명의 교부 교모가 담우천의 등을 노리고 동시에 내갈긴 내가기공이 폭발하듯 쏟아지는 굉음이었다. 순간 흙먼지가 주위를 뒤덮으며 흙과 돌멩이들이 사방으로 비산했다. 시신조차 찾을 수 없을 정도로 강렬한 일격이었다.

하지만 이미 담우천은 그 자리에 없었다.

담우천은 등 뒤로 쏟아지는 강기(罡氣)를 느끼자마자 순간적으로 제갈보국의 뒤쪽으로 돌아갔고, 그래서 텅 빈 제갈보국의 등을 향해 그대로 일검을 찔러 넣고 있었다.

제갈보국은 피하려 했다. 하지만 움직이지 못했다. 이미 그의 기력은 최후의 일격을 발출한 이후 완벽하게 소진된 상태였던 것이다.

그는 제갈원을 바라보았다. 이미 생명의 불꽃이 꺼진 듯한 눈빛, 혈색. 그걸 바라보는 아버지의 눈빛이 격렬하게 흔들렸다.

하지만 이내 그의 입가에는 희미한 미소가 스며들었다.

바로 그 순간 그는 무슨 생각을 했을까.

제갈보국은 등 뒤를 파고드는 담우천의 공격을 느끼면서도 외려 제 아들을 힘껏 끌어안았다.

잘 익은 무에 젓가락이 들어가듯, 담우천의 검은 제갈보국의 등을 푸욱! 하고 관통하였다. 그리고 그 검은 제갈보국이 부둥켜안고 있던 제갈원의 심장까지 동시에 찔렀다.

제갈보국과 제갈원은 말 그대로 꼬챙이에 꿰인 산적이 되어버렸다.

"가주!"

"안 돼!"

육백과 이십칠경이 놀라 부르짖었다.

제갈보국은 비틀거리는 제 아들을 꽉 껴안았다. 그리고 아들의 귓가에 입을 가져다 대며, 생기가 사라지는 목소리로 힘겹게 말했다.

"사랑한다… 내 아들아."

"……."

제갈원도 중얼거렸다.

너무나도 희미해서 전혀 들리지 않는 목소리. 하지만 제갈보국은 들을 수가 있었다.

저도… 사랑합니다, 아버지…….

제갈보국의 입가에 미소가 스며들었다. 제갈원의 고개가 제갈보국의 어깨 위로 툭 떨어졌다. 제갈보국의 머리도 힘을 잃었다.

그렇게 두 부자는 우뚝 선 채로, 담우천의 검에 꿰뚫린 채로, 서로를 부둥켜안은 채 죽음을 맞이한 것이다.

그 모습을 물끄러미 지켜보면서 담우천은 천천히 검을 뽑았다.

그제야 제갈보국과 제갈원이 옆으로 쓰러졌다.

끝이었다.

이제 모든 복수가 끝난 것이다.

성취감보다는 허탈감이 먼저 그를 엄습해 왔다. 문득 복수라는 게 그리 생각보다 통쾌하지 않구나, 라는 생각이 들었다.

어쩌면 저들이 악을 쓰고, 담우천을 저주하며 죽어갔어야 더 통쾌했을지 모른다. 지금처럼 두 사람이 서로 화해하고 사랑을 확인한 채 죽어가는 모습 때문에 이렇게 기분이 우울한 것인지도 몰랐다.

그때였다.

"죽어라!"

은한백이 소리치며 일장을 날렸다.

"가주의 복수다!"

묘고백(猫姑伯)이 치맛자락을 날리며 허공으로 날아올라 담우천을 향해 채찍을 휘둘렀다.

무적가의 다른 고수들도 득달처럼 달려와 담우천에게 공격을 퍼부었다. 그 위기의 찰나, 담우천의 입가에 문득 비릿한 미소가 스며들었다.

그래, 아직 끝이 나지 않았군.

담우천은 둔형장신보를 펼치며 무극섬사를 뻗었다. 그리고 일원검으로 상대의 가슴을 겨냥했다. 담우천은 상처 입은 맹수처럼 이리저리 날뛰기 시작했다. 사방에서 격렬한 고함과 비명 소리, 가공할 굉음이 연달아 울려 퍼졌다.

그렇다.

자하에 대한 그의 복수는 끝났을지 몰라도 싸움은 아직 끝나지 않은 것이다.

2. 말살시킬 이름

"와아아아!"

산이 떠내려갈 정도의 함성이 들려왔다. 동시에 백사십여 명의 복면인들이 사방 곳곳에서 튀어나왔다. 그들은 담우천과 격렬한 전투를 벌이고 있던 육백과 이십칠경의 배후를 공격했다. 순식간에 난전이 벌어졌다.

"이리로!"

누군가 담우천을 향해 크게 소리쳤다.

담우천은 이마를 타고 흘러내리는 핏물을 닦으며 고개를 돌렸다.

강만리가 다급한 표정을 지은 채 손을 흔들고 있었다. 담우천은 난전이 벌어진 곳으로 다시 시선을 돌렸다.

무적가의 고수들은 당장에라도 담우천을 향해 덤벼들고자 했지만, 복면인들이 그걸 허락하지 않았다. 그들은 악착같이 덤비고 또 덤볐다.

이제 내가 할 일은 예서 없는 건가.

담우천의 어깨가 축 늘어졌다. 긴장이 사라지면서 힘이 빠졌다. 전신이 물을 잔뜩 먹은 솜처럼 무겁게만 느껴졌다.

"빨리요!"

강만리가 다시 소리쳤다.

담우천은 고개를 끄덕이면서 강만리 쪽으로 걸음을 옮겼다.

하지만 세 걸음도 채 걷기 전에 그는 그 자리에 꼬꾸라졌다. 그리고 그는 정신을 잃었다.

밤새도록 싸우면서 부상을 당하고 내상을 입었던 후유증이 한꺼번에 거대한 격통으로 밀려들어와 그를 혼절하게 만든 것이다.

강만리는 발을 동동 구르다가 황급히 전장으로 뛰어들었다. 그리고는 단숨에 담우천을 등에 업고는 서둘러 그 자리를 빠져나갔다.

그의 신법이 워낙 빠르고 절묘해서, 그리고 복면인들의

저항이 워낙 치열하고 강력해서 무적가의 고수들은 그 광경을 목도하고서도 어쩌지 못하고 발만 동동 굴러야 했다.

강만리는 나는 듯 산을 달렸다.

벌써 이게 몇 번째인지 몰랐다. 십삼매를 안고 도주할 때만 하더라도 강만리는 두 번 다시 이런 일이 없을 거라고 생각했다.

하지만 십삼매는 다시 담우천에게로 돌아갈 것을 부탁했고, 강만리는 어쩔 도리 없이 그녀를 내려두고 이곳으로 되돌아와야 했다.

강만리가 이곳에 숨어서 사태의 추이를 살피는 동안 십삼매는 천자산 일대에 퍼져 있던 복면인들을 불러 모았다.

이번 계획에는 약 이백 명의 수하가 동원되었는데 십삼매의 부름에 응답한 자들은 백사십여 명에 불과했다. 나머지는 제갈보국의 앞길을 막다가 죽거나 중상을 입었던 것이다.

십삼매는 복면인들이 집결하자마자 곧장 담우천을 구하라는 지시를 내렸다. 그리하여 복면인들은 죽음을 각오한 채 뛰어들었고, 그 틈을 이용하여 강만리가 담우천을 구해낸 것이었다.

그렇게 담우천을 등에 업은 강만리는 십삼매가 기다리고 있는 곳으로 달려갔다.

십삼매는 어느새 자하의 분장을 지운 상태로 기다리고 있었다. 그녀는 혼절해 있는 담우천을 힐끗 보고는 한숨을 쉬었다. 그리고는 강만리를 향해 물었다.

"어떻게 되었나요?"

강만리는 고개를 끄덕이며 말했다.

"무적가의 가주와 소가주 모두 해치웠다. 담 형님의 무공, 가히 신의 경지에 올랐더군. 검으로 가리킬 때마다 그대로 화약 터지듯 폭발하더라니까."

그는 혀를 내둘렀다. 십삼매는 고개를 갸웃거렸다.

'그런 무공은 익힌 적이 없을 텐데…….'

십삼매는 담우천을 자신의 계획에 끌어들이기로 결심한 이후, 그의 모든 것에 대해 샅샅이 조사했다.

그리하여 그녀는 담우천이 좋아하는 것, 그의 성격, 그의 식습관이나 익힌 무공, 무공의 수위, 수련의 정도 등에 대해서 외려 담우천 본인보다도 더 정확하게 알고 있었다.

그런 십삼매의 기억 속에는 검끝으로 가리키면 상대가 폭발하는 무공은 들어 있지 않았다.

'설마 유주에 갔을 때…….'

무언가 성과를 얻은 것일까.

십삼매의 눈빛이 반짝였다.

그렇다면 유주도 감시를 늦추지 않아야겠군. 그곳에 누

가 있더라…….

문득 그녀의 뇌리 속으로 얼마 전 그들이 나눴던 대화가 떠올랐다.

"그럼 유주 쪽에는 누가……."

"거긴 가만 놔둬도 될 것 같소."

담우천의 말에 강만리의 눈이 휘둥그레졌다.

"왜죠?"

"그들을 상대할 사람이 거기 있으니까."

"에에?"

예예가 문득 무슨 생각을 했는지 눈을 크게 뜨며 말했다.

"그 뚱보 아저씨?"

'뚱보 아저씨라…….'

비록 담우천이 대답을 하지 않았지만 확실히 그때 그의 얼굴에는 사신 오공 정도는 그 뚱보 아저씨가 충분히 상대할 것이라는 믿음감이 실려 있었다.

도대체 변방의 보잘것없는 객잔 주인에게 어떻게 그럴 만한 힘이 있을까.

그녀가 상념에 잠겨 있을 때였다. 강만리가 서둘러 말했다.

"이제 돌아가자. 이렇게 여유를 부리다가 무적가의 모든 수하들이 문을 나서서 쫓아오면 큰일이니까."

무적가는 삼신구백이십칠경만 강한 게 아니었다. 하다못해 문을 지키는 수문위사들조차 타 문파의 일류급에 해당하는 실력을 지녔다. 그래서 무적가였다.

십삼매는 고개를 끄덕였다.

"그래요. 이제 돌아가죠."

강만리는 제가 도망쳐온 방향을 힐끗 돌아보며 물었다.

"저들은?"

백사십여 명의 복면인을 가리키는 말이었다. 십삼매는 담담하게 말했다.

"때가 되면 알아서들 움직일 거예요. 우리가 도망칠 시간만 벌어주면 돼요."

강만리는 움찔하며 그녀를 바라보았다. 꽤 그녀에 대해서 잘 알고 있다고 생각하는 그였지만 이럴 때의 십삼매는 낯선 타인을 보는 것 같았다.

냉정하고 차가운, 목적을 위해서는 수단과 방법을 가리지 않는 여인.

그 눈빛을 의식했는지 십삼매가 방긋 웃으며 말했다.

"그 표정… 오라버니라고 불러달라는 것 같은데요?"

"개 방구 같은 소리!"

강만리는 표정을 바꾸며 말했다.

*   *   *

세 명이 죽어서 삼백이 되었다.

열다섯 명이 죽어서 십이경이 되었다.

살아남은 이들도 성한 데가 하나 없었다. 피와 살점으로 뒤범벅이 된 상태로 그들은 개처럼 헐떡거리고 있었다.

날은 밝았다. 비는 그쳤다. 그 자리에는 지난밤의 치열하고 처절했던 난전의 흔적만이 남아 있었다. 시체는 산을 쌓고 피는 바다를 이뤄 흘렀다.

백여 구가 넘는 시체였다. 그중 열여덟이 무적가의 고수들이었으니 팔십 명 이상의 복면인이 이곳에서 유명을 달리한 것이었다.

살아남은 복면인들은 모두 도주했고, 이제 이곳에 남은 자들은 무적가의 사람들뿐이었다. 그들은 허탈하고 지친 몰골로 사방을 둘러보다가 가주와 소가주의 시신을 찾았다.

"돌아가자. 가서 어떻게 복수해야 할지 천천히 생각해 보자."

복수는 복수를 낳는 법이었다.

꼬리를 물고 이어지는 윤회처럼 복수도 어느 한쪽이 포기하지 않는 한 끝없이 이어졌다. 하지만 무림인으로 태어나고 자란 마당에 어느 누가 복수를 포기하겠는가.

그들은 패잔병의 모습으로 어필봉을 향했다. 오늘따라 산길을 걷는 게 유난히 힘들게 느껴졌다.

그 와중에 수풀 속에서 끙끙거리고 있던 정정을 발견한 것은 확실히 놀라운 우연이었다. 마침 정정은 마혈에서 풀려난 상태로, 마비가 되었던 근육들을 풀기 위해서 팔다리를 주무르고 있던 참이었다.

그녀는 죽은 가주와 소가주의 시신을 보고는 눈물을 쏟아냈다. 그리고 삼백을 향해 흐느끼며 말했다.

"분명하게 들었어요, 십삼매라고. 그녀가 이번 일의 원흉이 분명해요."

사람들의 눈빛이 반짝였다.

십삼매.

그제야 알 것 같았다. 독불장군(獨不將軍)으로 행세하던 담우천이 어떻게 백 명이 넘는 무리를 거느리게 되었는지, 어떻게 그 복면인들의 도움을 받게 되었는지 말이다.

"그렇군. 그 십삼매라는 계집이 놈을 도와준 게다."

"도대체 왜?"

"그거야 천천히 알아보면 되겠지."

중요한 것은 담우천과 더불어 복수할 대상이 늘어났다는 점이었다.

십삼매.

그것은 무적가의 명예를 걸고 말살시킬 이름이었다.

3. 낭인들의 천하

미리 대기하고 있던 팔두마차가 서둘러 천자산을 출발했다. 마차 안의 한쪽 좌석에는 담우천이 죽은 듯 누워 있었고 맞은편 좌석에는 강만리와 십삼매가 앉아 있었다.

"죽지 않아요."

십삼매는 걱정스럽다는 듯이 담우천의 상태를 살피는 강만리를 보며 말했다.

"아까 먹인 약이 효력을 발휘하는 것도 있고 또 심신이 탈진해서 잠들어 있는 것뿐이에요. 내상은 반년 정도 푹 쉬면서 좋은 약으로 다스리고 요양하면 나을 거예요."

"그런가?"

강만리는 다시 의자에 엉덩이를 붙였다.

그는 십삼매가 어지간한 의생들보다 훨씬 의술이 뛰어나다는 걸 잘 알고 있기에 담우천의 상태에 대해서 더 이상 걱정하지 않았다.

'과연 어떻게 될까.'

강만리는 십삼매를 힐끗 바라보며 생각했다.

누구도 모르게 일부러 던진 한 수였다. 강만리가 납치한 계집 앞에서 굳이 십삼매라는 이름을 입에 올린 건 뜻한 바가 있어서였다. 그 은밀하게 심어둔 한 수로 인해서 많은 것이 바뀌게 될 것이다.

십삼매는 창밖을 물끄러미 바라보고 있었다. 생각보다 수월하게 무적가를 상대했다는 안도감보다는, 앞으로의 일에 대해서 근심하는 기색이 가득 차 있었다.

'비록 가주와 소가주가 죽었지만 무적가는 이대로 끝나지 않을 거야. 아니, 그렇기 때문에 더더욱 눈에 불을 켜도 덤벼들겠지.'

게다가 태극천맹이 있었다. 무적가가 당한 사실을 알게 되면 다른 사대가문과 태극천맹이 한꺼번에 움직일 게 분명했다. 과연 그들을 상대할 힘이 될까. 지난 십육 년 동안 키운 힘으로 저들을 상대할 수 있을까.

그녀는 잠시 생각하다가 힐끗 담우천을 돌아보았다. 이자, 생각보다 큰 도움이 되었다. 앞으로도 계속해서 써먹을 수 있는 존재였고 그럴 만한 힘을 가졌다.

그리고…….

그녀는 다시 강만리를 쳐다보았다. 어느새 강만리는 팔

짱을 낀 채 코를 드르렁거리며 잠자고 있었다. 태평해 보이기까지 한 모습이었다.

'오라버니도 충분히 더 우리를 도와줄 수 있을 거야. 거기에다가 우리가 전략적으로 키운 자들의 힘을 합치면……'

굳이 공적오마로 분류되는 옛 거웅노마(巨雄老魔)들이 전면에 나서지 않더라도 태극천맹을 상대할 수 있을 것이다. 공적오마는 황계의 마지막 힘이었고 동시에 양날의 검이었다. 되도록이면 그들의 힘을 빌리지 않는 게 좋았다.

'어쨌든… 이제부터 시작이야.'

그녀는 입술을 깨물며 다시 창밖으로 시선을 돌렸다.

무적가에게 완승을 거둔 그날, 십삼매는 결코 웃지 않았다. 어쩌면 이제 그녀는 웃는 날보다 웃지 않는 날이 더 많을지도 몰랐다.

그게 그녀의 인생이었다.

*   *   *

무적가의 가주와 소가주가 살해당했다는 소식은 이내 전 무림에 퍼졌다. 그 소문을 들은 사람들의 반응은 똑같았다.

"어디서 농담을 하고 있어?"

하지만 시간이 흐르면서 그게 농담이 아니라 사실임이 밝혀지자, 이번에는 뒤로 나자빠질 정도로 깜짝 놀랐다. 그리고 그들을 죽인 자가 누구인지에 대해서 이야기를 나눴고 추측했다.

세간에 알려진 건 극히 적은 양에 불과했기에, 사람들의 입과 입을 통해 온갖 추측들이 눈덩이처럼 불어났다.

한편 태극천맹과 사대가문은 의외로 조용했다. 겉으로 보기에는 무적가가 그들에게 따돌림을 받지 않았을까, 싶을 정도로 평온한 모습이었다.

그러나 태극천맹과 사대가문은 물밑에서 매우 은밀하게 움직이고 있었다. 그들은 중요한 인물들을 무적가에 사자(使者)로 보내서 상황을 파악하고 이야기를 들은 다음, 차후 협력 체계를 도모했다.

태극천맹의 맹주가 사대가문의 수장들을 초빙한 건 여름이 막바지에 이르렀을 때의 일이었다.

태극천맹의 맹주는 선출직으로 이대(二代) 맹주 정문하(鄭紋霞)는 햇수로 사 년째 맹주직을 수행하고 있었다.

처음 맹주가 되었을 때만 하더라도 그저 맹 내 소장파들에게 인기가 높고 웃어른들에게 신망이 두터운, 그저 사람좋기만 한 호인(好人)에 불과했던 그였지만 지금은 어느덧 관록이 붙어서 풍기는 기운이 천하를 압도했다.

사대가문의 수장들이 조금은 굳어진 얼굴로 그를 바라보는 이유가 거기에 있었다.

　정문하는 먼저 무적가의 가주와 소가주를 살해한 자를 반드시 잡아 처벌할 것이라고 이야기를 했다. 사대가문의 수장들은 묵묵히 그의 말에 귀를 기울였다.

　한참을 이야기하던 정문하가 문득 미소를 머금었다. 그리고 청천벽력과 같은 말을 꺼내들었다. 사대가문의 수장들은 탁자를 부수거나 코웃음을 치거나 혹은 제 귀를 의심하는 얼굴로 정문하를 바라보았다.

　하지만 곧 그의 말이 진심임을 깨닫고는 수장들은 자리에서 벌떡 일어났다.

　"죽고 싶은 게로군."

　건곤가의 가주 천예무가 서늘한 눈빛으로 정문하를 직시하며 말했다.

　"더 이상 이야기할 게 어디 있나? 정신 좀 차리게 몇 대 패야겠네."

　천왕가의 사양곤은 사람들의 만류가 아니었다면 당장에라도 정문하를 후려칠 것처럼 덤벼들었다.

　하지만 정문하는 끝까지 미소를 잃지 않았다.

　"열흘의 시간을 드리겠습니다."

　그는 사대가문의 수장들을 돌아보며 차분한 어조로 말했다.

"계속해서 태극천맹을 아군으로 두실 건지, 아니면 저들과 태극천맹의 협공을 받을 것인지 신중하게 선택하시기 바랍니다."

그렇게 말한 정문하는 정중하게 인사를 한 후 천천히 걸음을 옮겨 회의석상을 빠져나갔다.

"저, 저 하룻강아지가⋯⋯."

사양곤은 금방이라도 발작할 것처럼 흥분했다.

"누가 자기를 맹주로 만들어 줬다고 생각하는데, 응? 감히 언제부터 자기가 맹주였다고 감히 우리에게 그런 말을 해?"

이미 청강석(靑剛石)으로 만든 탁자를 반으로 부숴놓고도 분이 풀리지 않는 듯 그는 발을 굴렀다.

쩌억, 소리와 함께 돌로 만들어진 바닥에 균열이 갔다.

"중요한 건 그게 아니네."

철목가의 가주 정극신이 조금은 차분한 목소리로, 하지만 사양곤 못지않게 뜨겁게 타오르는 눈빛으로 정문하가 나간 문 쪽을 응시하며 말했다.

"놈이 저렇게 당당하게 말할 수 있는 배경이 뭔가가 중요한 것이네."

"그건 즉⋯⋯."

금해가의 가주 초일방이 조금은 암울한 표정을 지으며

말을 받았다.

"이미 천맹을 제 손아귀에 넣었다는 뜻이겠지."

정극신이 고개를 끄덕이며 중얼거렸다.

"그래. 그렇지 않고서야 한갓 맹주 따위가 어찌 감히 오대가문의 퇴진을 요구할 수 있겠는가?"

사대가문의 수장들은 도저히 참을 수 없는 분노와 모멸감에 휩싸인 채 그렇게 정문하가 떠난 빈자리만을 노려보고 있었다.

*   *   *

그러는 동안 세월은 끊임없이 흘러서 어느덧 계절은 팔월의 가을로 접어들고 있었다.

밤바람은 서늘했고 공기는 차가웠다. 지난여름의 무더위는 온데간데없이 사라졌다.

남경 외곽의 한 장원에도 가을이 찾아왔다. 그날도 장원 곳곳에 심어둔 나무에서 열린 과일을 따느라 여인들은 바쁘게 움직였다. 여인들은 깔깔거리며 즐거워했고 그 곁에서 아이들이 뛰놀고 있었다.

그 광경을 멀리서 지켜보는 사내가 있었다.

그는 바로 지난여름 동안 황계의 안가(安家)에서 내상을 치유하고 외상을 치료했던 담우천이었다. 예전보다 훨씬 수척해 보이고 창백한 얼굴이었지만 외려 눈빛만큼은 그때보다 몇 배는 더 차분해 보였다.

그는 장원 안의 사람들을 훑어보다가 문득 고개를 갸웃거렸다. 이매청풍과 만월망량의 모습이 보이지 않는 것이다. 아직도 담우천이 내린 지시를 수행하기 위해서 전국 각지를 떠돌고 있는 건지도 몰랐다.

담우천은 잠시 생각하다가 문득 빙긋 웃었다. 세상에서 가장 사랑하는 이들을 이제 곧 만날 수 있다는 생각에 절로 미소가 스며드는 것이다.

담우천은 더 이상 자하를 생각하지 않았다.

굳이 과거를 떠올릴 필요가 없었다. 인생이란 항상 현재를 살아가는 것이니까. 그게 올 봄과 여름을 보내면서 담우천이 깨달은 것 중의 하나였다.

가을 햇살이 한없이 부드러운 가운데 그는 천천히 장원을 향해 걸어갔다.

아주 오랜 여정을 마치고 돌아온 낭인처럼 그의 뒷모습은 한없이 가볍고 홀가분해 보였다.

낭인.

사람들은 거리를, 세상을 떠도는 자들을 가리켜 낭인이라고 부른다.

하지만 사람들은 모르고 있다. 삶을 떠도는 자들도 낭인 이라는 사실을. 자신이 나아갈 바를 정하지 못한 채 삶을 헤매고 떠도는 자들이야말로 낭인이었다.

그런 의미에서 보자면 어쩌면 세상 모든 사람들은 낭인 일지도 모른다.

그렇다. 이 세상은 낭인들의 천하다.

"아호, 아창! 아빠가 돌아왔다!"

담우천이 밝게 외치는 소리가 장원 입구에서 크게 울려 퍼지고 있었다. 확실히 바람 시원하고 햇살 부드러운 어느 가을날의 모습이었다.

『낭인천하』 완결

後記. 글을 끝내며……

1.

이 글은 부모와 자식에 관한 이야기입니다. 부자, 모녀의 관계는 서로를 얽어매는 족쇄가 아니라 서로의 등을 밀어 주는 힘이라는 걸 말하려 했습니다.

예예와 담우천의 대화를 통해서, 호지민과 열혈태세를 통해서, 제갈 부자의 변화를 통해서, 그리고 담우천의 심적 변화를 통해서 결국 아버지에게 있어서 가장 중요한 것이 무엇인가를 이야기해 보려고 했습니다.

필력이 부족하여 하고 싶은 말을 제대로 표현하지 못하고 중언부언한 점이 있지만, 그래도 어느 정도 제가 말하고자 하는 바를 그려냈다고 생각합니다.

2.

이 낭인천하는 이른바 〈무림오적 시리즈〉 중 무림포두, 염왕에 이은 세 번째 작품입니다. 낭인천하에서 들려 드리지 못한 나머지 부분은 이 시리즈의 종결편인 〈무림오적〉을 통해 보여드리겠습니다.

그러니 낭인천하만으로 부족하신 분들은 조금만 더 기다려주시기 바랍니다. 또 낭인천하를 즐겁게 읽어주신 분들은 더욱 기대하시기 바랍니다.

3.

담우천의 긴 여정을 함께해 주신 독자 여러분께 진심으로 감사드립니다. 제가 이렇게 후기까지 쓸 수 있도록 만든 건 여러분의 힘입니다.

불량 작가의 늦은 원고로 인해 밤샘 작업에 시달려야 했던 편집실 동료들, 편집부장에게도 감사드립니다. 낭인천하에 공(功)이 있다면 오롯이 여러분의 것입니다.

제 아들들, 호철이와 희창이에게 감사합니다. 담호와 담창의 이름은 그들에게서 빌려왔습니다. 생각해 보면 소림사의 희창도 그렇군요.

아이들에게 부끄럽지 않은 글을 쓰겠습니다.

4.

어느새 그 무더웠던 여름이 가고 이제 밤낮으로 서늘해졌습니다. 다음 이야기로 다시 찾아뵐 때까지 건강하시기를.

백야.

拳來頭 이포두

노주일 新무협 장편 소설

FANTASTIC ORIENTAL HEROES

청어람이 발굴한 신인 「노주일」
그가 선사하는 즐거운 이야기!

내 나이 방년 스물셋. 대륙을 휘몰아치는 전쟁에서
간신히 살아남아 고향으로 돌아왔다.
사실 전쟁은 이미 이기고 지는 건 문제도 아니었다.
단지 전후 협상만이 탁상공론으로 오고 갔을 뿐.
하지만 전쟁터에서는 항시 사람이 죽어 나갔다.
이유도 알지 못한 채 그냥.
그러던 차에 전후 협상처리가 되고 나서 전역했다.
그리고는 곧장 뒤도 돌아보지 않고 고향으로!

『이포두』
내 가족과 내 친구가 있는 곳으로!

Book Publishing CHUNGEORAM

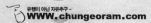

유행이 아닌 자유추구 -
WWW.chungeoram.com

허담 新무협 판타지 소설
FANTASTIC ORIENTAL HEROES

수선경

작은 샘이 바다로 모여들 듯,
만류의 법이 하나로 회귀하듯,
다섯 개의 동경이 드디어 하나로 모인다.

검을 만드는 사람과
검을 쓰는 사람,
그리고 검을 버리는 사람의 이야기!

천명을 타고 태어난 **청풍**과 **강검산**
그리고 혈로를 걸어온 살수 **타유**,
그들이 다섯 줄기의 피의 숙명과 마주한다.

Book Publishing CHUNGEORAM

유행이 아닌 자유추구 -
WWW.chungeoram.com

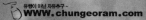

면왕 백리휴

麵王麵體

무진등 新무협 판타지 소설

FANTASTIC ORIENTAL HEROES

'맛있는' 무협이 펼쳐진다!

가문의 선조가 남긴 비서
'백리면요결(百里麵要訣)'
모든 이야기는 이 서책으로부터 시작되었다.

『면왕 백리휴』

면요리의 극의를 알고자 하는 자,
모두 나에게로 오라!

Book Publishing CHUNGEORAM

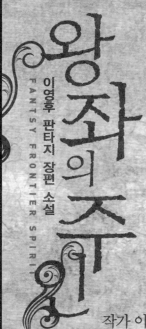

작가 이영후가 선보이는 야심작!
가슴을 떨어 울리는 판타지가 찾아온다!

『왕좌의 주인』

세계를 몰락 위기로 몰았던 이계의 절대자들
그들의 유적이 힘을 원한 자들을 불러들이고…
그 힘을 취한 어둠은 암암리에 세계를 감쌀 뿐이었다.

"세계를 구원할 것은 너뿐이구나."

어둠을 격정한 네 영웅은 하나의 희망을 키워낸다.
이계 최강의 절대자 티엔마르.
그리고 이 모두의 힘을 이어받은 새로운 존재…
은빛의 절대자 레오!

Book Publishing CHUNGEORAM

버퍼
Buffer

이영균 장편 소설

사귀던 연인에게 이별 통보를 받은 어느 날,
송염을 찾아온 기이한 인연……

『버퍼』

처음 보는 노신사와
그가 내민 소주잔… 아니 손길.

"난 그 힘을 버프라고 부른다네."

의문의 힘은 송염에게 이어지고,

"…그리고 이젠 자네가 버퍼일세."

지구 유일의 버퍼, 송염!
그 위대한 발걸음에 주목하라!

Book Publishing CHUNGEORAM

눈매 新무협 판타지 소설

가면의 마존

『가면의 레온』『무적문주』『신필천하』의 작가
눈매 新무협 판타지 소설

『가면의 마존』

중원을 공포에 떨게 만든 희대의 악마, 혈마존.
혈마존의 혼을 잃어버린 염라계는 결국 레온의 영혼을
혈마존의 몸에 집어넣는데!

'내, 내가 …그렇게 흉악한 사람이었다니! 믿을 수가 없어!'

기억을 잃은 채 혈마존의 몸에 부활한 레온.
본성이 착한 레온은 천하의 악인이 되어
혈마교를 이끌어야 하는데……

"아무래도 여긴 나랑 안 맞아!"

Book Publishing CHUNGEORAM

유행이 아닌 자유추구 -
WWW.chungeoram.com